KB078286

21세기 대마법사

김광수 퓨전 판타지 소설
FUSION FANTASTIC STORY

21세기 대마법사 1

김광수 퓨전 판타지 소설

초판 1쇄 찍은 날 § 2008년 12월 15일
초판 1쇄 펴낸 날 § 2008년 12월 20일

지은이 § 김광수
펴낸이 § 서경석

편집장 § 문혜영
편집책임 § 최하나
편집 § 정서진 · 유경화

펴낸곳 § 도서출판 청어람
등록번호 § 제1081-1-89호
등록일자 § 1999. 5. 31
어람번호 § 제1-1014호

주소 § 경기도 부천시 원미구 심곡동 163-2 서경B/D 3F (우) 420-010
전화 § 032-656-4452 팩스 § 032-656-4453
http://www.chungeoram.com
E-mail § eoram99@chollian.net

ⓒ 김광수, 2008

ISBN 978-89-251-1610-5 04810
ISBN 978-89-251-1609-9 (세트)

1

21 세기 대마법사

FUSION FANTASTIC STORY

김광수 퓨전 판타지 소설

Contents

작가의 말   6

제1장 대마법사 간달프를 만나다   9

제2장 지옥의 마법 수련   33

제3장 위대한 제자의 탄생   65

제4장 이 죽일 놈의 사랑   99

제5장 예린이와의 데이트   129

제6장 진정한 돈질   167

제7장 엿이나 드세요!   209

제8장 낯선 곳에서 살아가는 법   257

제9장 내 이름은 카이어!   283

 작가의 말

하나, 둘, 셋……. 정신없이 앞만 보고 달려왔던 시간 속에 어느
새 일곱 번째 글을 독자 여러분 앞에 선보이게 되었습니다.

나름대로 최선을 다해 꿈을 그려내려 했지만 마음처럼 쉽지 않
았습니다.

머리에 꿈틀거리는 멋진 장면들과 달리 부족한 글쟁이는 마음
껏 글로 토해내지 못했습니다.

그렇게 글들이 마침표를 찍을 때마다 진한 아쉬움과 후회 속에
다음 글에는 더 큰 꿈을 담아내려 했건만, 언제나 부족함으로 독
자 분들에게 다가간 것 같습니다.

이번 21세기 대마법사도 부족할지 모릅니다.

아니, 부족할 것입니다.

그렇기에 저는 다시 한 번 고개를 숙입니다.

언젠가 날개를 펴고 창공을 힘차게 비상하는 갈매기가 될 수 있

도록, 물 밑에서 열심히 바둥거리는 이 모자란 이를 지켜봐 달라고 염치없는 부탁을 드립니다.

꿈꾸기를 멈추지 않는 한 언젠가는 그려낼 것입니다.

모든 독자들이 만족할 수 있는 그런 살아 숨 쉬는 아름다운 꿈을 말입니다.

21세기 대마법사, 이제 시작합니다.

천지를 주관하는 모든 신들과 할머니, 경보스님, 사랑하는 다섯 별들과 가족, 그리고 청어람 사장님을 비롯한 편집진, 여러 동료 선후배님들에게 작가의 말을 빌려 감사의 인사를 드립니다.

Chapter 01
대마법사 간달프를 만나다

21
세기
대마법사

"황금소로는 본래 프라하 성을 수비하는 경비병과 문지기들의 숙소로 시작되었습니다! 그러다 상업이 발달한 16세기경 금 세공사와 연금술사들이 살기 시작하면서 지금과 같은 황금소로라는 이름이 정식으로 만들어졌습니다! 그럼 다들 들어가서 자유 구경을 하도록 하겠습니다! 시간은 한 시간! 꼭 제시간에 맞춰서 이곳에 다시 모이세요!"

학생들을 인솔하고 있는 가이드가 이미 정신을 놓고 있는 아이들에게 고함을 치듯 악을 썼다.

'흐흐흐, 이런 호사가 어디 있노. 역시 남자는 큰물에서 놀

아야 해. 음하하하하!'

경기고를 제치고 대한민국 최고 명문으로 알려진 대한고등학교에 입학한 지 딱 두 달 만에 나는 태어나 처음으로 비행기를 탔다.

잘나가는 펀드 매니저인 아버지와 음대 교수이신 어머니였건만, 지독한 자린고비였던 두 분.

일 년에 한두 달은 꼭 세계 여행을 가시는 분들이 하나뿐인 무량 강 씨 45대 장손인 이 아들에게는 무지 박정하게 굴었다.

왜 나를 주워온 자식 취급하느냐는, 질풍노도의 사춘기 때 나의 반발에 부모님은 아주 간단하게 웃으면서 나의 분노를 꺾어버렸다.

'수컷은 강하게 커야 살아남는다' 는 말도 안 되는 아버지의 지론.

그 뒤를 잇는 엄마의 한마디.

'네가 지금 쓰고 있는 모든 경비는 모두 아빠와 엄마의 피와 땀이다. 그런 피와 땀을 함부로 낭비하는 이 시대의 불효자식이 되고 싶으냐' 는 한마디.

사파리 육성 시뮬레이션 게임도 아니고, 하나뿐인 자식을 너무나 강하게 키운 부모님.

그 이후로 나는 세상에는 믿을 분(?)이 한 명도 없다는 것을 알고 매일매일 코피 터지며 공부했다.

그리고 선택한 대한고등학교.

대한민국 최고, 아니, 세계 일류 초대형 우량 기업인 대한그룹의 회장님이 이사장인 고등학교.

들어가는 순간부터 졸업할 때까지 학교생활에 필요한 일체의 경비와 용돈을 대한그룹에서 지원하였다.

그렇기에 서울대보다 더 어렵다는 대한고등학교에 떡하니 합격할 수 있었다.

그리고 지금 파라다이스 같은 동부 유럽 10박 11일짜리 수학여행을 그 혜택으로 즐길 수 있었다.

"혁아, 구경 가자. 헤헤."

잠시 정신을 놓고 있는 사이 옆집 아저씨 같은 편안한 인상의 중현이가 두툼한 엉덩이를 흔들며 나를 이끌었다.

"그래. 흐흐흐."

아무리 부모님이 자린고비 사촌쯤 된다 하더라도 명색이 하나뿐인 아들의 수학여행.

적어도 부모님을 위한 기념품 하나 정도는 살 수 있는 아량이 나에게는 있었다.

'연금술사? 정말 그런 자들이 있긴 있었던 거야?'

황금소로로 들어가자 보이는 아기자기한 건물과 윈도우너머로 보이는 갖가지 볼만한 수제품들.

금 세공사와 연금술사들을 조상으로 둔 덕분인지 대충 보이는 여러 가지 장식품들은 발걸음을 붙잡기에 충분하였다.

"와아, 예뻐!"

"금 세공품인가 봐."

"호호, 내가 하면 딱 어울릴 건데."

중현이와 이것저것 구경하며 이동하는 중에 들리는 맑은 여인들의 교성.

서예린.

대한고등학교 1학년을 대표하는 미의 화신.

키 167, 긴 생머리, 큼지막한 눈, 투명하고 백옥 같은 피부에 차분하면서 단아한 성품을 소유한 여신.

남자라면 누구라도 소유하고 싶어하는 초 레어템.

오늘도 조잘거리는 뭇 잡꽃 틈에서 유난히 빛을 발하는 한 송이 청초한 백합으로 피어 있었다. 평범해 보이는 푸른색 머리띠로 긴 생머리를 가지런히 정리하고 오월의 달빛보다 더 고운 미소를 짓는 여인.

몇몇 무수리와 함께 작은 유리창 너머의 머리핀을 구경하고 있었다.

특유의 창백해 보이는 하얀 피부에 어울리는 새카만 눈동자를 빛내며.

"뭐 좋은 거 있어? 헤헤."

넉살이 좋아 남학생보다 여학생들과 더 친한 중현이가 아무렇지도 않게 여학생들 틈으로 나를 이끌었다.

파박.

그 순간 여인들이 고개를 돌렸고, 우연처럼 예린이와 눈이 마주쳤다.

사라락.

내가 나타나자 부드러운 미소를 입가에 지어주는 서예린.

'헐? 지금 나를 보고 웃는 거야?'

초등학교를 졸업하고 이성을 한창 갈구할 나이에 뭇 새끼 사자들이 살벌하게 자라는 남중을 졸업한 나였다.

대한고등학교를 들어오기 위하여 여인을 멀리했던 나에게 대한고등학교는 꿈의 고등학교 그 자체였다.

어떻게 공부 잘하면 메주 사촌쯤 된다는 공식을 깨고 제법 어여쁜 여인들이 학교에 자리를 잡고 있었다.

개천에서 용 난다는 구라는 다 옛말 그 자체였다.

요즘은 워낙 환경이 오염돼서 일급수로 수질을 관리해야만 용들도 자리를 잡는 것이다.

각박해지고 전문화된 세상.

용들이 자랄 수 있는 물은 그렇게 관리되는 것이었다.

"와! 예쁘다!"

어느새 여인들 틈에 끼어 푸른색 보석이 알알이 박혀 있는 백금 머리핀을 구경하는 중현.

'잘 만들었네.'

어머니가 가지고 있는 보석 머리핀 컬렉션과 비교할 수 없을 정도로 정교하고 고풍스러운 머리핀.

기다란 조개 문양의 머리핀은 남자인 내가 보아도 탐이 날 만했다.

"헛!"

하지만 자연스럽게 이어진 가격표에 나는 헛바람을 들이켰다.

'10,000불……. 세상에!'

천만 원이 넘는 거액의 머리핀.

입이 다물어지지 않았다.

"혁아, 예쁘지?"

그렇게 다물어지지 않는 입으로 놀라고 있을 때, 귓가에 들리는 환청.

신비한 은방울이 구르는 듯한 여인의 목소리가 내 이름을 다정하게 부르고 있었다.

"응?"

이제 갓 피기 시작한 청초한 백합 같은 서예린.

요즘 잘나가는 처녀시대나 투더걸스의 그 어떤 멤버를 데려다 놓아도 비교할 수 없는 미모와 지적 미를 갖춘 생명체가 내 이름을 불러주었다.

"봐줄 만하네 뭐."

하지만 튀어나온 대답은 내가 들어도 놀랄 정도의 시큰둥한 목소리.

"그래? 난 예쁘기만 한데……."

백합이 나의 말에 상처를 받았는지 고민에 빠져 들어갔다.

'캬아, 네가 하면 미의 여신이 따로 없을 것이야.'

예린처럼 미모와 지혜를 갖춘 재원들은 국가적으로 보호를 해야 했다.

'만 불이라……. 쩝.'

마음 같아서는 하나쯤 선물하고 싶었다.

그러나 아직 어린 숫사자는 돈을 생산할 수 있을 정도의 레벨로 육성되어 있지 않았다.

"서예린, 기념으로 하나 사줄까?"

'뭐야, 이 재수없는 목소리는?'

예린과 처음으로 대화를 하고 있는 신성한 접촉의 장소에 들려오는 오만하고 건방진 목소리.

두 마리의 늑대새끼를 끼고 한 마리 못된 사자새끼가 어슬렁거리며 나타났다.

'황성택.'

같은 1학년 주제에 황태자라 불리는 오성그룹 총수의 손자라는 계급으로 군림하려 드는 재수탱이.

세상 얼마 살지도 않은 놈이 얼굴에 권태로운 기가 다분하였다.

그리고 하이에나 같은 놈의 눈동자는 나의 백합의 육신을 음탕하게 더듬고 있었다.

"아니. 됐어."

황성택의 말이 끝나기가 무섭게 가시를 돋우며 장미로 돌변한 서예린. 차가운 한마디를 남기고 자리를 피해 버렸다.

"하하! 언제든지 말만 해. 너를 위해 내 널찍한 가슴은 항상 비어 있으니까."

황성택이 등을 돌리며 사라지는 서예린을 향해 촌티나는 대사를 뱉어냈다.

'아깝다.'

예린이와 친해질 수 있는 절호의 찬스였다.

이국땅에서 펼쳐지는 서예린과의 야릇한 감정 교류.

제대로 시작하기도 전에 고춧가루가 등장했다.

"가자, 중현아."

"웅? 그, 그래."

굳이 황성택과 그의 똘마니들과 같이 있을 이유가 없었다.

"강혁, 충고 하나 할까?"

중현이와 그렇게 자리를 옮기려는 순간, 차가운 황성택의 목소리가 들려왔다.

"뭘?"

키 185에 태권도 공인 4단, 검도 3단의 내가 쫄 필요가 없었다.

고개를 돌려 170이 갓 넘은 찌질이 황성택을 내려다보았다.

"서예린은 내가 찜했다. 학교생활 온전히 하고 싶으면 내 눈에 띄지 마라."

옆에 끼고 있는 두 마리 늑대새끼를 믿고 까부는 황성택.

아직 나에 대해서 쥐꼬리만큼도 모르고 있었다.

하늘 아래 두려운 것이라고는 '정직'이라는 가훈과 부모님밖에 없는 나를 말이다.

씨익 웃음을 지으며 황성택의 어깨를 툭툭 가볍게 손으로 두드렸다.

"황성택 너, 누구 덕택으로 이리 잘살고 있는 줄 알아?"

"……."

갑작스러운 내 말에 잠시 당황하는 황성택.

"나로 말할 것 같으면 대오성전자의 주식을 무려 10주나 소유하고 있는 대주주야. 감히 그런 주인의 은덕으로 먹고사는 네가 그리 막살면 안 되지."

내 말에 어이없는 표정을 짓는 황성택.

"앞으로 이렇게 돈지랄하면 주주의 권리로 잘나신 네 할아버지……."

스윽.

말 대신 손으로 목을 그었다.

"잘해라, 잘해."

툭툭.

다시 한 번 황성택의 빈약한 어깨를 툭툭 두드려 주었다.

그리고 등을 돌렸다.

"머, 멈춰, 이 겁대가리 상실한 개새끼야!"

하지만 나는 멈추지 않았다.

겁대가리를 상실할 정도로 세상 막산 인생이 아니었기에.

쇄애애액!

뒤에서 날아오는 주먹의 기운.

팟!

본능적으로 휘돌려 차는 다리.

"허억!"

그리고 자신의 턱주가리 앞에서 멈춘 발을 보고 숨도 못 쉬고 굳어버린 늑대새끼 한 마리.

감히 세상을 포효하는 사자 앞에서 하룻강아지들이 개폼을 잡고 있었다.

"경고는 한 번뿐이야. 다음에는… 개 값 문다."

긴말은 필요치 않았다.

양아치에도 못 미치는 놈들에게는 주먹도 아까웠다.

"쳇."
수백 명의 아이들이 풀려 나간 황금소로.
곳곳에서 탄성이 터져 나오며 아이들은 즐거운 시간을 보내고 있었다.
그리고 그 틈바구니에서 중현이도 어느새 사라지고 없었다.
평소 지극한 효자인 놈은 어머니에게 줄 선물을 고르러 간 것이다.
'이 골목은 왜 이리 조용해?'
부모님이 주신 넉넉한 용돈으로 현질하는 아이들에게서 벗어나 이것저것 구경을 하는 내 눈에 들어오는 작은 골목 안.
다른 골목과 별 차이도 없건만 사람의 모습은 전혀 보이지 않았다.
아니, 다른 아이들은 골목이 보이지도 않는지 무심코 지나쳐 가기에 바빴다.
'흐흐, 괜찮은 물건은 이런 데 있지. 멍청한 것들.'
아무리 나에게 박정하신 부모님이라 해도 세상에 둘도 없는 아버지와 어머니.
그분들을 위해 선물 하나쯤은 이제 장만할 때가 되었다.

내일이면 한국으로 돌아가야 했기에 오늘이 마지막 쇼핑 찬스였다.

"참나, 이제 이런 곳에서도 한글 구경을 다 하네."

골목으로 들어가기 전에 보이는 가게들 앞에 큼지막하게 쓰여 있는 익숙한 세종대왕님의 창조물.

얼마나 많은 한국인들이 다녀갔는지 영어, 일본어 다음에 한국어가 가게 문 앞에 적혀 있었다.

'싸요. 구경하세요. 단, 깎지 마세요' 라는 문구.

얼굴이 화끈거렸다.

괜히 쪽팔리는 기분은 뭐라 설명할 수 없었다.

"그레이트 매지션? 대마법사?"

화끈거리는 얼굴을 들고 썰렁한 골목을 살피는 중에 보이는 작은 가게.

푸른색 선팅이 짙게 되어 있어 안을 볼 수 없었다.

하지만 문 앞에 쓰여 있는 대마법사라는 영어 문구.

'뭐야? 연금술사 후손인가?'

왠지 모를 호기심을 자극하였다.

'들어가 봐?'

등잔 밑이 어둡다고, 이렇게 사람이 들락거리지 않는 곳에 있는 이런 작은 상점이 무언가 건질 것이 있었다.

결정적으로 그래야만 했다.

현재 나의 호주머니 사정은 불면 먼지가 날 정도로 무척 가벼운 상태였다.

딸랑.

두툼한 나무 문이 열리며 맑은 종소리가 울렸다.

'오~ 예!'

절로 터져 나오는 탄성.

겉보기에는 기대할 것 없는 조그만 가게로 보였지만, 막상 들어선 곳은 한눈에 보아도 대단한 명작 수공예품으로 가득했다.

보석함부터 시작해서 귀걸이, 목걸이, 머리핀 등등 온갖 잡다한 장신구를 비롯해 한눈에 보아도 고풍스러워 보이는 도자기를 포함하여 중세 귀족들이 사용했을 법한 온갖 잡동사니.

꿀꺽.

마른침이 목으로 넘어갔다.

'심봤다.'

더욱이 꾸벅꾸벅 졸고 있는 마음씨 좋아 보이는 할아버지.

정말 영화에 나오는 간달프처럼 하얀 수염이 배 밑까지 자라 있었고, 아이보리 색 로브 같은 걸 멋지게 걸치고 계셨다.

'잘하면 대박이다.'

인터넷 뉴스에도 나오는 것처럼 이런 골동품 가게에서 인생 역전할 수 있는 보물들이 발견된다 하였다.

왠지 모를 짜릿한 기대감이 나를 들뜨게 하였다.

'크크, 완전 밥이군.'

한눈에 보아도 착하게 보이는 마대인 체코산 할아버지. 큼
지막한 수정 구슬을 앞에 두고 꾸벅꾸벅 인사를 하고 있었다.

"큼! 크음!"

일단 헛기침으로 할아버지를 깨웠다.

싸가지있는 동방예의지국에서 자란 나인지라 먼저 손님이
왔음을 알리고자 했다.

'오잉?'

하지만 나의 헛기침에도 눈 하나 깜짝하지 않는 간달프.

뭔 개가 짖느냐는 표정으로 눈도 뜨지 않고 귀를 후비며 졸
기를 멈추지 않았다.

'고, 고수?'

상인의 절정 경지에 이르면 들어오는 손님의 냄새만 맡아
도 부자를 판단할 수 있다는 말이 있었다.

분명 내가 들어왔음을 알고 있음에도 일어나지 않는다는
것은 나의 빈티를 정확히 파악하고 있음이 분명했다.

하지만 이렇게 물러날 내가 아니었다.

상점 안에 있는 물건 하나라도 건진다면 부모님으로부터
싸가지없다는 소리는 듣지 않을 것이 분명했다.

"하, 하이!"

손을 들어 서양식의 친절한 미소를 한껏 날렸다.

돈이 없으면 친절이라도 해야 뭔가 건질 것 같은 예감이 들었다.

번쩍.

그때, 졸고 있던 간달프의 눈이 화등잔만 하게 떠졌다.

그리고 이어지는 충격적인 대사 한마디.

"어디서 싸가지없이 하이야? 어른을 봤으면 냉큼 고개를 수그려야지. 쯧쯧, 요즘 것들은⋯⋯."

귓가에 들려오는 너무나 익숙하고 모자람없는 한국어.

간달프의 얼굴만 아니라면 동네 호랑이 할아버지라 해도 믿을 만큼 노인의 한국어 구사 실력은 뛰어났다.

"너, 돈 없지?"

연속해서 크리티컬 공격을 가해오는 간달프.

내 몸뚱이는 흠칫 놀란 채로 굳어버렸다.

낯선 동유럽의 하늘 아래서 만난 무늬만 체코산 할아버지.

겁날 것 없는 나조차도 갑작스러운 상황에 머리에 과부하가 걸렸다.

'어, 어떻게 내가 한국인이라는 것을 알았지? 그리고 저 유창한 원어민 발음은 무엇이더냐!'

기가 차다는 말의 뜻을 난생처음 경험했다. 아니, 우리 부모님의 육성 시뮬레이션 발언 이후로 두 번째.

멍한 표정으로 간달프의 황금빛 눈동자를 바라보았다.

"크크. 내가 어떻게 네놈이 한국 사람인 줄 알았는지 궁금하지? 그리고 내가 한국어를 이리 잘하는지도 궁금할 거고? 그렇지?"

'혹시 서양 무당?'

신내림을 받지 않고서야 어찌 이리 내 마음을 알 수 있단 말인가. 나도 모르게 고개를 끄덕이다 정신을 번쩍 차렸다.

'저, 정말 마법사? 에이, 설마……'

간판에 적혀 있던 대마법사라는 상호가 머릿속을 번뜩 스치고 지나갔다. 그러나 아무리 생각해도 달나라에 무덤도 만드는 이런 세기에 마법사가 있을 턱이 없었다.

"그래, 나 마법사다."

"헉!"

'이런… 말도 안 되는!'

세상에 생각까지 읽는 사람이 있을 수 있단 말인가. 그리고 눈속임인 마술도 아니고 뻔뻔스럽게 자신을 마법사라 말하는 외국산 무당.

제대로 작두 타고 장군 신을 받았음이 분명하다.

"누구십니까?"

입 안에 도는 마른침을 삼키며 정체를 추궁하였다. 정규교

육을 판타지로 받지 않고서야 제정신으로 마법사라 말할 이는 세상에 없을 것이다.

그것도 살날보다 갈 날이 훨씬 가까워 보이는 사람이 말이다.

"쯧쯧. 요즘 것들은 어른이 말하면 믿지를 않아요. 비싼 밥처먹고 이 나이에 헛소리할까."

입에서 줄줄 새어 나오는 지극히 토속적인 언어 구사력.

이곳이 체코가 아니라 한국의 어느 상점처럼 느껴졌다.

'내가 귀신에 홀린 게야. 며칠 김치를 먹지 못해서 그런 걸 거야.'

아무리 들어도 적응 안 되는 간달프의 모국어.

'위험해.'

등골을 스치고 가는 경고가 온몸을 짜르르 타고 흘렀다.

자칭 마법사라 칭하는 체코산 작두대신에게서 풍겨져 오는 요상한 기운, 그리고 이제야 보이는 가게 안의 여러 알 수 없는 문자들과 도형.

판타지 소설에서 말하던 룬 어가 아닌가 하는 생각이 들었다.

주춤주춤 문 쪽으로 발걸음이 옮겨졌다.

"왜, 그냥 가게? 돈이 없으면 그냥 줄 수도 있는데……."

그냥이라는 말에 뒷걸음치던 발걸음이 주인의 의지를 무

시하고 그대로 멈췄다.

'공짜!'

위험을 상쇄하고도 남을 보상 퀘스트.

'그래, 요즘 같은 글로벌 시대에 외국어 좀 할 수 있지. 그리고 사람 마음 좀 읽을 수도 있지. 저 나이 드셨으니 독심술이라도 배웠나 보지.'

갑작스럽게 마음에 이는 자기 위안.

알 수 없는 묘한 눈동자로 나를 훑어보고 있는 간달프에게 사심없는 혁이표 미소를 날렸다.

"하, 하하! 정말 한국어 실력이 유창하십니다."

말을 건네면서도 눈동자는 열심히 사방을 훑었다.

저 나이 먹고 거짓말하지는 않을 것.

최대한 값나가는 물건을 찾았다.

'오늘 일진 한번 좋다.'

예린과의 대화를 필두로 해서 우연찮게 들른 대마법사 간판이 붙은 가게. 주인장이 오타쿠 판타지 마니아여서 문제지 다른 문제는 하나도 없었다.

"인심이다. 여기 있는 물건들 중에 가장 마음에 드는 것으로 하나 골라봐. 내 선물할 테니까."

반지의 제왕 영화의 간달프처럼 사람 좋아 보이는 마법사 할아버지. 그 파격적인 제안에 내 입은 귀에 걸릴 지경이었다.

'크하하! 심봤다!'

각박한 요즘 같은 세상에 이런 일이 생길 줄은 몰랐다.

"굳이 안 그러셔도 되는데. 어른이 그리 말씀하시니 염치 불구하고 하나 고르겠습니다."

두말 나오기 전에 나는 처음 보는 순간 영혼을 팍 당겼던 은빛 팔찌를 집어 들었다.

'큼지막한 것이 짝퉁이라도 돈 좀 될 거 같은데. 흐흐, 대박이다!'

알 수 없는 문양과 글자로 음각된 은빛 팔찌. 은과 백금 중간쯤의 빛깔을 풍겨내는 팔찌는 한눈에 보아도 극상의 레어템이었다.

더욱이 은빛 팔찌 안쪽 곳곳에 박혀 있는 다이아몬드 비슷한 반짝이는 돌들. 짝퉁이라도 값어치가 제법 나갈 것 같았다.

'묘하게 당기네.'

황금으로 만들어진 다른 장식품이나 물건들도 제법 있었지만 특이하게 마음에 들어오는 은빛 팔찌.

헛것처럼 아지랑이 같은 기운이 팔찌에서 은은히 풍겨 나옴이 느껴졌다.

"크크크. 그래, 그랬어. 그럼 그렇지."

내가 팔찌를 들자 고개를 끄덕이며 알 수 없는 말을 뱉어내는 간달프 할방.

'튀자!'

화장실 갈 때와 나올 때 마음이 다르듯, 간달프 할방이 취소할 수도 있는 상황.

튀자는 생각과 함께 고개가 직각으로 수그려졌다.

"감사히 잘 먹겠습니다."

싸가지있는 가정교육을 받고 자란 나였기에 진심으로(?) 감사함을 전했다.

그리고 등을 돌렸다.

'푸하하! 이게 웬 떡이냐!'

정말 마음에 드는 팔찌.

들고 있는 자체만으로 부자가 된 듯한 착각이 들었다.

덜컹.

'엥?'

하지만 딱 거기까지였다.

아무리 열어도 열리지 않는 가게 문. 한 완력 소유한 나이건만 문의 손잡이는 일제 강력 본드를 바른 듯 꿈쩍도 하지 않았다.

"흐흐……"

그리고 들려오는 음흉한 웃음.

온몸에 털이 쫘악 일어섰다.

'쪼, 쪼잔하게. 다시 달라고는 하지 않겠지.'

어차피 힘으로 한다면 나에게 댈 수 없는 간달프 할방.

그러나 그런 일 없다고 잡아떼면 돌려줘야 할 판이었다.

아무리 탐이 나도 도둑으로 몰려 체코 교도소에서 제공하는 콩밥은 사양하고 싶었다.

"선물도 받았으니 이제 가자꾸나."

"네?"

갑자기 가자는 말을 뱉는 간달프 할방의 발언에 놀라 고개를 돌렸다.

"헛!"

나는 그 자리에서 다시 몸이 뻣뻣하게 굳는 것을 느꼈다.

파스스스스.

어느새 간달프 할방의 손에 들린 요상한 막대기.

파란색의 강렬한 빛을 방 안에 쏟아내고 있었다.

"왜, 왜 그러세요? 이거 공짜 아닌가요?"

입술이 내 의지와 상관없이 바르르 떨렸다.

"공짜? 물론 공짜지. 단, 네가 살아날 수 있다는 전제하에 말이야. 크하하하하하하!"

이번엔 부들부들 손이 떨렸다.

갑자기 사람이 변한 간달프 할방.

그의 몸에서는 정말 대마법사처럼 광채가 흘러나왔다.

'시파! 뭐야, 이런 김밥 옆구리 터지는 액션은?

간달프가 뿜어내는 강력한 포스에 말문이 막혔다.

다만 귓가에 들리는 친근한 한마디.

"슬립!"

판타지 소설에서나 나오는 마법 영창.

온몸이 엄청난 에너지의 파장에 휩싸여지는 것을 느꼈다.

그리고 나는 눈을 질끈 감았다.

아직도 공짜에 대한 미련을 버리지 못하고 은빛 팔찌를 꽉 움켜쥐고서.

'엿 됐다……'

알 수 없는 공포에 한숨을 짧게 토하며 그렇게 나는 긴 잠에 빠져들었다.

앞으로 다가올 미래 따위는 난생처음 맛본 마법의 황홀한 맛(?)에 상상조차 하지 못하고.

Chapter 02
지옥의 마법 수련

21
세기
대마법사

'크으으으윽!'

간지러운 기운에 벌레에 물린 것처럼 온몸이 따끔거렸다.

"마나는 하늘과 땅, 불, 바람, 물과 같은 자연을 구성하는 요소이자 천지간을 운행시키는 원동력이다. 그러한 마나를 인간은 오랫동안 자신의 힘으로 만들기를 염원하였다. 주신 아데인님이 허락한 인간의 무한한 재능을 이용하여 수없는 세월 동안 자연의 힘을 이용할 수 있는 방법을 찾았던 것이다."

지지지지지지지지지지지지지.

눈을 뜨고 간달프의 탈을 쓴 건달프 할방을 노려보았다.

자다가 봉창 두드리는 것도 아니고, 전기 스파크를 만들어 내는 요상한 마법진 위에 나를 올려놓고 일장 연설을 늘어놓는 건달프 할방.

맛 간 할방 중에서도 이런 변태 할방은 없을 것이다.

'마법은 무슨 개뿔, 분명 팔찌에 수면 가루를 뿌려놓았을 것이야.'

믿으려야 믿을 수 없었다.

어찌 최첨단을 달리는 문명에 마법이 있을 수 있단 말인가.

만약 마법사라는 작자들이 있었다면 유튜브 동영상에 올라와도 진작 올라왔을 것이다.

"마법은 그렇게 자연과의 교감을 중시하고 그 자연의 힘을 차용할 수 있도록 노력한 선조들의 피나는 산물에 의하여 창조되었다. 마법 언어, 즉 룬 어가 탄생하게 된 것이다. 혹자는 마법이 인간 유회 중에 은혜를 베풀어준 드래곤의 선물이라고 하고, 또는 마족들이 인간 세계에 뿌린 악의 씨앗이라 말하는 이도 있다. 그러나 그것은 무지한 자들의 어리석은 패배 의식의 발로다. 진정한 마법의 시초는 인간이다. 본래 중간계의 주인으로 주신 아데인님은 인간만을 선택했다."

온몸을 파고드는 찌르르한 전기 파장에 미치기 일보 직전 인데 말도 안 되는 마법 이론을 줄줄 늘어놓는 건달프.

'혹시 광우병?'

머리에 구멍이 숭숭 나지 않고서야 저리 태연히 판타지 소설을 쓸 수 있단 말인가.

고통 속에서도 유럽에 아직 퍼져 있는 광우병을 의심하지 않을 수 없었다.

"하지만 풍요로웠던 마법의 시대는 오래가지 않았다. 음차원의 마나에 중독된 어둠의 마법사들이 차원을 열고 마계의 마물들을 소환하여 세상을 삼킬 더러운 욕망을 드러냈다. 그리고 시작된 길고 긴 인간들과 어둠의 마법사들 간의 전쟁. 그것은 신들과 마신들의 대리전인 신마전쟁이라 할 수 있었다."

건달프 할방은 옛이야기를 하듯 그렇게 감정에 충실히 몰입하며 듣는 나로 하여금 아픈 와중에도 귀를 쫑긋하게 만들었다.

"그리고 드래곤이 등장했다. 거의 멸족에 다다른 인간의 보호를 위하여 타 차원에 있던 드래곤이 주신의 허락하에 소환되었고, 그렇게 1차 신마대전은 끝이 났다. 중간 세계의 지배자였던 인간들이 드래곤과 기타 종족들에게 멸시를 당한 길고 긴 마법의 빙하기가 그때 찾아온 것이다."

무엇이 그리 분한 것인지 이를 악물고 있는 건달프.

'쯧쯧, 완전 맛이 갔군.'

상상으로 제대로 판타지 소설 한 편을 쓴 것 같았다. 지구 역사상 그런 일이 있을 수도 없었다. 물론 마술사 같은 이들이 존재했다고는 하지만 마신들과 전쟁을 했다는 간 큰 인간은 없었다.

그리스 로마 신화에 나오는 왕 뻥쟁이 용사들만 빼고 말이다.

"나는 그래서 마법사가 되었다. 감히 인간들이 주인이어야 할 중간계를 어지럽히는 드래곤을 비롯한 마족, 그리고 여러 종족 모두를 본래의 자리로 돌아가게 만들어주고 싶었다. 나 대마법사 아이달에 의해서 말이다!"

광기를 빨랫줄처럼 줄기차게 뿜어내는 본명 아이달이라는 체코산 할방.

두려움이 가시고 마음속에 연민이 울컥 차올랐다.

'하긴, 험한 세상 저렇게 단단히 미치는 것도 괜찮겠지.'

어설프게 미치면 또라이라는 말을 듣겠지만 저렇게 완벽하게 몰아지경에 빠져 미친다면 누가 뭐라 하겠는가.

저런 사람은 정신병원에서도 돈을 싸줘가며 사양할 것이다.

"크크크, 난 미친 듯 마법을 수련하였고, 인간 역사상 그 누구도 이룬 적이 없다는 8서클 대마법사의 경지에 이르렀다. 그것도 딱 아흔아홉 살에 말이다."

'쳇, 재밌군.'

소설을 써도 저렇게 리얼 구라로 써야 제맛이다. 듣고 있는 나는 짜릿한 고통 속에서도 몰입하고 있음을 느낄 수 있었다.

꽤 오랜만에 괜찮은 작품을 접할 때의 그 기분이었다.

아무리 쳐줘봐야 일흔 살 정도로밖에 보이지 않는 건달프 아이달 할방.

그럼에도 아흔아홉에 대마법사 경지에 올랐다는 말을 태연스럽게 하고 있는 저런 정신세계가 존경스러웠다.

그렇다고 벽에 똥칠을 할 정도로 정신 줄을 놓은 것 같지도 않았다. 하물며 아직 판타지의 꿈을 꾸고 있는 저 순수하고 아름다운 영혼.

돈키호테가 형님 할 정도였다.

'이제 차원 이동만 나오면 딱이겠군.'

흐뭇한 마음으로 다음 스토리를 나름대로 구상해 보았다.

"하지만 딱 거기까지였다. 잃어버린 마도시대 당시에도 9서클은 인간에게 허락되지 않는 신의 영역. 아무리 노력해도 나는 9서클을 이룰 수 없었다. 젠장, 빌어먹을⋯⋯."

튀어나오는 젠장과 빌어먹을이라는 아주 친숙한 단어.

저런 좌절이 있어야 다음 이야기가 진행될 것이다.

"9서클 마법을 이뤄 마나 체인지를 펼치려 했건만! 드래곤

처럼 폴리모프 마법으로 멋진 남자가 되어 천하의 뭇 여인들을 널리 이롭게 하고……! 크아아아아아아!'

갑작스럽게 흘러나온 홍익인간의 이념.

'처, 천하의 뭇 여인들을 널리 이롭게 해. 컥!'

좌절에 따른 충격으로 괴로워하는 건달프 아이달.

내가 어떤 충격에 빠져 있는지 살펴보지 않고 다음 이야기를 이어갔다.

"쩝, 그래도 살 만했다. 나도 모르게 어느새 마탑의 수장이 되어 있었고, 각 제국과 왕국에서는 나를 모시려 혈안이 되어 있었지. 크크, 새해마다 들어오는 천하의 보물과 무한정한 연구 자금. 백 세를 앞두고 나는 그나마 위안을 받을 수 있었다. 어차피 8서클 마법으로도 어느 정도 젊음을 회복할 수 있었기에 싱싱한 영계 만나 새 출발을 할 수도 있었다. 그놈만 만나지 않았다면 말이야. 으드득!"

깊어지는 흥미진진한 아이달의 인생사.

소설임을 알고 있었지만 강력한 흡입력에 귀는 활짝 열려 있었다. 아직도 온몸을 자극하는 짜릿한 전기 맛이 있었지만 이야기에 빠져 그 고통도 잊을 수 있었다.

"바람이 몹시 불던 날이었지. 각 왕국에 파발을 띄워 내 아내가 될 공주들을 보내보라는 정중한 초청장을 막 완성했을 때 놈이 나타났다. 아주 때려죽일 그놈이 말이야!"

어떤 놈인지 나도 궁금하였다.

제법 탄탄한 스토리.

한국에 귀국할 수만 있다면 이걸 바탕으로 나도 작가로 데 뷔할 수 있을 것 같았다.

"충격이었다. 이제 갓 사십도 안 되는 놈이 나에게 마법 대 결을 제안하였다. 천하의 8서클 대마법사인 이 아이달님에게 말이다!"

그때를 회상하는지 건달프 아이달의 눈동자에서 번갯불이 뿜어져 나왔다.

'유희를 나온 드래곤? 아니면 마족?

등장인물에 대하여 나름대로 짐작을 해봤다.

"처음에는 상태 안 좋은 애송이라 판단하고 너그럽게 자비 를 보여주었다. 원래 내가 성질이 칼 같아서 달려드는 놈들은 산 채로 태워 죽이는데 그날은 내가 장가를 가기 위하여 첫걸 음을 내딛는 경사스런 날이라 참았지."

'이, 이거 대마법사가 아니라 혹시 흑마법사 아니야? 그것 도 세상을 벌벌 떨게 만들었던.'

그렇지 않고서야 제국과 왕국에서 뇌물을 바칠 일이 있을 리 없었고, 다 늙은 노인네가 공주들을 내놓으라고 초청장을 보낼 일도 없었을 것이다.

명예를 아는 성격 좋은 마법사라면 나이 백에 장가를 가겠다는 생각은 꿈에도 품지 않았을 것이다.

"하지만 놈은 나를 향해 비웃음을 던졌지. 캬아, 내가 미쳤지. 놈의 낚싯밥에 걸린 줄도 모르고 대결에 응했으니 말이야."

이런 이야기는 시원한 콜라에 치킨이라도 뜯어 먹으며 들어야 제맛이건만, 안타까운 현실은 그걸 허락하지 않았다.

딱 3% 부족하게 말이다.

"처음에는 아주 가볍게 3서클 라이트닝 마법으로 놈을 태워 죽이려 했지. 그런데 그놈은 기다렸다는 듯이 에어 실드로 피하는 거야. 속으로 제법이라는 생각을 했지. 그 나이에 4서클 경지에 오른다는 것은 천재 축에 속하는 것이었거든."

연세도 지긋한 양반이 언어를 다양하게 구사하였다. 내가 들어도 어색하지 않을 정도로 말이다.

"살짝 약이 오르더라고. 그래서 이번에는 작심하고 5서클 마법인 번 플레어 마법을 펼쳤지. 마음을 먹었기에 어지간한 성벽쯤은 박살 낼 정도의 강력한 마법이었지. 아니, 그런데 그 썩어 문드러질 놈의 개새끼가 파이어 볼로 마법을 튕겨내 버리는 게 아니겠어! 아니, 세상에 8서클 대마법사가 펼치는 5서클 마법을 2서클 마법으로 막아내는 게 말이 되냐고?"

나에게 묻는 건달프.

그 순간 나도 모르게 고개를 저었다.

내가 아는 판타지 상식상 그것은 불가능한 일이었다.

"거기서 이상함을 느끼고 멈춰야 했어. 하지만 아직 한창 때인 백 살의 나는 참을성이 부족했어."

"……."

어이가 서너 번 가출할 정도의 말을 아무렇지도 않게 꺼내는 아이달. 한 귀로 흘려들으며 다음 스토리를 기다렸다.

"화가 머리끝까지 치밀어 올랐지. 그래서 혹시나 해서 매일 수십 분씩 투자해서 메모라이즈해 두었던 7서클 마법을 준비했지. 그때 당시에 각 마탑이나 제국 궁정마도사라 해도 7서클 마법사가 한계였기에 그 정도면 끝날 줄 알았어. 아니, 그런데 이 똥물에 튀겨 죽일 잡놈이 7서클 블리자드 마법 속에서 덥다는 듯이 손으로 부채질을 하고 자빠졌지 않겠어! 와아, 뚜껑 열리데."

안 봐도 비디오였다. 세상에 7서클 마법 속에서 부채질을 하는 작자가 있을 수 있단 말인가.

'다음, 다음!'

잠든 상태에서 끌려온 상황. 지금쯤이면 없어진 나 때문에 수학여행단은 한바탕 난리가 났을 것이지만 멈출 순 없었다.

노망이 제대로 난 건달프 할방의 이야기는 손에 땀을 쥐게 만들 정도로 흥미진진했다.

'드래곤이 맞아. 그럴 거야.'

나름대로 추측하는 재미가 아주 쏠쏠했다.

"어이가 없더라고. 이제 마흔이나 됐을 법한 애송이가 7서클 마법을 막아내다니. 캬아, 나는 몰랐지. 놈이 마법이 아닌 다른 실력이 있음을 말이야."

"그, 그게 뭔데요?"

"너, 속으로 드래곤이라고 생각했지? 흐흐, 나도 그때쯤 유희 중인 드래곤이 아닐까 번뜩 떠오르더라고. 하지만 아니었어. 아무리 유희 중인 드래곤일지라도 8서클에 이른 나라면 충분히 그 기운을 감지할 수 있거든."

'아니야? 그럼 뭐야?'

내 상상력의 결핍을 탓하며 건달프의 하얀 수염을 하염없이 바라보았다.

"이제 남은 것은 8서클 마법밖에 없었어. 사실 8서클 공격 마법은 몇 개 되지도 않아. 하지만 하나하나가 어지간한 성 하나쯤은 박살 낼 수 있는 무시무시한 위력이지. 흐흐, 그걸 내가 완성했다니까."

스스로 자화자찬하는 할방. 백약이 무효임을 다시 한 번 확인할 수 있었다.

'아니, 다음 스토리는 어찌 되냐고요!'

죽어도 듣고 싶은 다음 이야기.

"그때였지."

속 타는 내 마음을 아는지 다시 열리는 건달프 할방의 쭈글쭈글한 입술.

"그 오크 좆만 한 새끼가 나에게 악마 같은 제안을 한 때가."

대한민국 10대들과 다름없는 욕을 구사하는 욕쟁이 건달프.

나는 오크 거시기만 하다는 자가 내밀었다는 제안이 한없이 궁금했다.

"자기가 미완성한 마법진을 완성해 준다면 패배를 자인하겠다고 했다. 사실 자랑은 아니지만 내가 서클 마법뿐만 아니라 연금술을 비롯해 마법진과 이론에는 그 당시 따라올 자가 없었다."

입만 열면 자기 얼굴에 금칠을 하는 건달프 할방.

"물론 승낙하셨겠죠?"

몸 안을 파고드는 따끔거리는 기운도 적응이 되었고, 나는 궁금함에 직접 물음을 던졌다.

"그럼, 당연히 승낙했지. 당시에 존재했던 모든 유형의 마법진은 내가 다 알고 있었지. 사실 원리만 알면 조금만 머리를 써도 쉽게 풀 수 있지. 이 희대의 천재 아이달 대마법사에게 풀지 못할 마법진 따위는 없었지. 크하하하하!"

이제는 아무 생각도 들지 않았다.

사람이 사람다워야 상대할 가치가 있는 법.

짐작컨대, 마법으로는 어찌하지 못할 것 같은 두려움에 오크 거시기만 한 자의 계략에 넘어갔을 것이다.

"아! 그런데 이 썩을 놈이 이끌고 간 요상한 동굴 안에 있던 마법진은 난생처음 보는 것이었어. 아나, 잃어버린 마도시대의 마법진이라니. 개새끼!"

'마도시대? 신마전쟁 이전의 마법시대?'

"그러나 이미 약속을 한 바였기에 나는 꼼짝없이 그곳에 잡혀 마법진을 완성해야 했다. 아니, 오랜만에 학구열을 자극하는 마법진은 나를 흥분시키기에 충분했지."

그러고도 남을 것이다.

더 이상 이룰 수 없는 경지에 이른 마법사에게 세상 것보다는 풀지 못한 마법 이론이 더욱 흥미로울 것은 당연한 일이었다.

"한 몇 년 동안 죽어라고 마법진을 연구했다. 크기가 장장수십 미터는 될 대형 마법진에 각인된 고대 룬 어의 숫자만 해도 무려 수십만 자. 일일이 룬 어와 도형들을 해석하며 미진한 부분을 완성해 갔다. 그 잔대가리들은 상상도 할 수 없을 정도로 빠르게 말이다."

'잔대가리들? 한 사람이 아니었어?'

계속 이어지는 의문의 연속.

"그러던 어느 날 나는 마법진을 완성할 수 있었다. 푸하하하하하하! 역사상 드래곤도 완성하지 못할 위대한 마도시대의 마법진을 완벽하게 해석해서 완성했지."

'대단한 집념이다!'

상상 속의 일을 마치 살아서 경험한 것처럼 생생하게 뱉어내는 건달프 아이달의 풍부한 상상력.

존경심이 팍팍 들었다.

나도 미칠 거라면 저렇게 완벽하게 미칠 거라 다짐할 정도로 말이다.

"그때 놈들이 나타났다. 으으으으! 위대한 대마법사 아이달님을 꼬드겨 자신들의 야망을 채우려는 가증스러운 놈들! 그제야 알아챘다. 나를 꼬드겨 마법 대결을 펼친 자는 비밀스러운 집단인 황금마탑의 탑주인 야스마할이라는 자였고, 각 왕국과 제국의 궁정마도사들이 개입되어 있다는 것을 말이야. 이 위대한 대마법사를 제거하기 위하여 똘마니 같은 마법사 놈들이 꾸민 일이었던 것이야! 크아아아아아!"

웃다가 울다가, 분명 똥구멍에 털이 수북할 건달프 아이달 마법사.

눈물까지 흘리며 괴로워하였다.

'와~! 진짜 연기 잘한다!'

완벽한 몰아일체의 감정이입 단계.

진정 대마법사라 해도 믿어주어야 할 것 같았다.

"크흐흐흐. 하지만 놈들 뜻대로 해줄 수가 없었다. 완성된 마법진을 놈들이 파악하면 마도시대의 모든 마법적 기술이 놈들의 음흉한 손에 들어갈 것이 자명하였다. 바보 같은 놈 들……."

광기가 눈에서 레이저처럼 쏟아져 나왔다.

"놈들은 비웃었지. 마스터 급 기사들의 호위를 받으며 자신들의 계략에 빠져 바보처럼 몇 년의 시간을 허비한 나를 말이다. 하지만 나 또한 놈들을 비웃었다. 자신들이 나를 인도한 마법진이 차원 이동 마법진이라는 것을 놈들은 모르고 있었던 것이다. 흐흐흐."

"헛!"

차원 이동 마법진이라는 말에 나도 모르게 헛소리가 터졌다.

'서, 설마 정말로 마법사?'

아닐 거라 생각했지만 마음속에 이는 불길함은 위험 신호를 계속 내보내고 있었다.

"그리고 난 놈들이 보는 앞에서 이동 마법진을 펼쳤다. 속으로 이를 갈면서……. 크흐흐, 멍청한 놈들. 아무리 발악해도 마법진을 파악할 수 없을 것이다. 이 위대한 마법사 아이

달님이 완벽하게 마법진을 통달한 후 나만의 방식으로 변형시켜 두었거든. 크하하하하하!'

통쾌하게 배를 움켜잡고 웃는 아이달.

그런 그가 왜 이리 불쌍해 보이는 것인지.

'바보, 결국은 차원 이동해서 도망쳤다는 이야기 아냐?'

꼴을 보아하니 아직까지 집에 돌아갈 길을 찾지 못한 것 같았다.

이야기가 진짜라면 말이다.

'그런데 정말 그런 세계가 있기는 한 거야?'

마음속에 궁금증이 무럭무럭 자라났다. 만약 건달프 아이달이 말한 바가 사실이라면 한 번쯤은 가보고 싶다.

대마법사가 되어 휘젓는 또 다른 세계.

현실에 고통받는 대한민국 모든 이의 소망이 아닐까 싶었다.

"그래서 네가 선택되었다."

'오잉?'

잠시나마 상상 속에 빠져 있던 정신을 차갑게 얼어붙게 만드는 아이달의 차분한 음성.

어느새 아이달은 평정을 되찾고 금안을 반짝이고 있었다.

"뭐, 뭘요?"

"흐흐흐. 내 대신 가서 복수해다오."

"어, 어디를 가서 말입니까?"

"어디긴 어디야. 지금껏 내가 비싼 밥 먹고 헛소리한 줄 알아? 내가 살던 칼리얀 대륙 말이야!"

적반하장도 유분수지, 도리어 화를 벌컥 내는 성격 안 좋은 건달프.

"왜 제가 가야 합니까? 가시려면 건달, 아니, 아이달님이 가서야죠. 결자해지라고, 끝마무리를 잘하셔야 편안한 노년을 보내실 수 있는 것입니다!"

미친 늙은이에게서 벗어나고 싶었다.

정말 건달프라면 나를 이세계로 보내 버릴 것 같은 무식한 예감이 들었다.

"싫어. 이제 나는 편히 쉴 거야. 이백 살에 가까워오니 뼈마디도 노근거리고 영 식욕도 없는데 늙은 사부보고 어디를 가란 말이더냐?"

"사, 사부요?"

"그래, 사부. 네놈은 내 제안을 받아들이고 선물까지 받아갔잖아."

"언제요? 제가 언제 선물을… 헉! 설마?"

갑작스럽게 손목에서 느껴지는 차가운 느낌 하나.

어느새 은빛 팔찌가 왼쪽 팔목에 착하니 감겨 있었다.

"이미 너와 나는 마나 계승 의식도 펼쳤다. 넌 이제 나 아이달의 분신과 다를 바가 없다. 크하하하!"

광소까지 터뜨리는 미친 건달프.

'아버지! 어무이!'

갑자기 생각나는 부모님의 불친절한 얼굴.

오늘따라 왜 이리 보고 싶은지 알다가도 모를 일이었다.

"그럼 쉬었으면 다시 시작해 보자."

"무, 무엇을 말입니까?"

종잡을 수 없는 아이달의 행동.

"뭐긴 뭐야. 이날을 위하여 내가 개발한 초속성 마나 주입 마법진이지. 자, 준비해라. 이제 본격적으로 가동한다."

"잠깐만요! 잠깐만요!"

말이 끝나기가 무섭게 스태프를 들고 사악한 미소를 짓고 있는 건달프를 힘차게 불렀다.

"이거 안전 검사 받은 거죠?"

투명한 여러 빛깔을 토해내는 마법진이라는 존재.

아이달의 상태를 보아하니 제대로 만든 것 같지 않았다.

"몰라. 몇몇 마정석이 중국산이라 장담은 못하겠다. 그럼 간다! 파워 업!"

찌지지지지지지지직!

"크아아아아아아아아악!"

중국산이라는 말에 놀랄 틈도 없이 몰아붙여 오는 강력한 기운.

건달프의 사악한 얼굴을 마지막으로 나의 기억은 끝이 났다.

제발 이 시간이 꿈이기를 간절히 알라신께 빌면서.

"파이어 볼트!"

정신을 집중하여 토끼에게 1서클 공격 마법 파이어 볼트를 날렸다.

퍼버벅!

하지만 어떤 친절한 토끼가 어설픈 마법사의 파이어 볼트에 맞아주겠는가.

바닥을 튀는 마법에 놀란 토끼가 깡충깡충 뭣 나게 도망가기 시작했다.

"멈춰! 야! 다리 한쪽만 놓고 가! 토깽아! 토깽아!"

나에게 주어진 무기라고는 이빨 빠진 단검 한 자루와 어설픈 1서클 공격 마법 몇 가지.

엉덩이를 씰룩거리며 치한이라도 쫓아오는 양 초원을 달리는 토끼의 뒤를 무식하게 뒤쫓았다.

'멈춰! 멈추란 말이야! 흑흑!'

토끼를 잡지 못하면 이틀째 굶을 상황.

요즘 유행하는 라니지라는(?) 게임도 초보 유저를 이렇게 괴롭히지는 않을 것이다.

"헉헉……!"

그러나 토끼는 나의 간절한 소망을 멀리하고 저만치 도망을 치고 말았다.

털썩.

격한 숨을 몰아쉬며 수북하게 자란 들꽃 사이로 몸을 뉘었다.

"썩을… 미치겠네."

생각만 해도 믿기지 않는 현실에 미칠 것만 같았다.

폼나게 동부 유럽 수학여행을 하고 있던 내가 미친 마법사를 만나 고생하고 있는 이 순간, 날마다 계산되는 밥값이지만 어머니가 차려주시는 김치찌개가 눈물 나게 그리웠다.

'하아, 모든 것이 계획적이었다 이 말이지.'

지금 내가 있는 유럽 아이슬란드의 어느 이름 모를 초원 지대.

중국산 마정석이 들어간 초속성 마나 주입 마법진에서 죽었다 깨어나기를 한 달여. 녹초가 된 내가 눈을 뜬 곳이 바로 이곳이었다.

'정말 마법사가 존재하다니. 그것도 이계에서 차원 이동한 마법사라니…….'

모든 것이 믿기지 않았다. 특히 건달프가 대마법사라는 사실은 상상도 못할 일이었다.

'그러니까 환상 마법진을 황금소로에 설치해 놓고 낚시질을 즐기고 있었다 이 말이지. 여행객들 중에 마나에 민감한 사람들만 찾아낼 수 있도록 말이야.'

마나 주입 마법진에 있는 동안 쉬는 시간에 들려주었던 수많은 이야기들.

낯선 지구에 차원 이동한 건달프 아이달 사부.

그때 한창 전 지구에 산업혁명이 피크를 달릴 때였기에 과학 문명이 발달하기 시작한 때였다고 한다.

그런 지구에 마법으로 손쉽게 적응하며 떼돈을 벌었단다. 당시만 해도 지구가 그리 오염되지 않아 마나가 제법 충만한 상태였기에 마법으로 여러 가지 일을 할 수 있었다고 한다.

마법을 사용하여 만병통치약을 파는 약장수가 되기도 하고, 뛰어난 지식으로 대학에 들어가 교수 노릇도 하고, 록펠러를 만나 마나 탐지로 석유를 채굴하기도 했으며, 우연히 밥먹다 만난 아인슈타인에게 시간과 공간이 서로 밀접하게 관계된다는 마나 연관성 이론을 넌지시 알려주어 세상에 일반 상대성이론을 발표하게 만들어 위대한 과학자로 육성시켰다고도 한다.

확인되지 않은 사실들이었지만 믿을 수밖에 없었다.

자칭 사부라 불리는 아이달.

놀랍게도 빌 게이츠보다 더 엄청난 부를 곳곳에 쌓아두고 있음을 여러 가지 증거로 확인할 수 있었다.

내가 훈련하고 있는 멀지 않는 곳에 수십 층 규모의 지하 마탑이 존재했고, 그 안에는 듣도 보도 못한 보물들과 갖가지 귀한 물건들이 잡동사니처럼 널브러져 있었다.

'욕심도 많은 건달프!'

하지만 생각만 하면 화가 치밀어 올랐다.

백 년이 넘도록 지구에서 떼돈을 벌었건만, 지금의 나에게는 너무나 가혹한 변태 마법사일 뿐이었다.

자신이 창조한 속성 마법진까지는 봐줄 만하였다.

어차피 마법이라는 것이 마나를 느끼고 그것을 축적함으로써 시작됨을 어설픈 판타지 지식으로 알고 있었다.

그러나 그 이후에 이루어지는 특별 훈련.

무슨 게임 속 캐릭터도 아니고, 단검 한 자루와 이제 막 배우기 시작한 1서클 공격 마법으로 생존 특화 훈련을 시켰다.

꼬로로로.

'배고프다. 쩝.'

하늘 위에 둥둥 떠다니는 구름이 오뎅, 김밥, 각종 튀김을 비롯한 학교 앞 분식집 간판 메뉴로 보이기 시작했다.

'이러다 굶어 죽을 수도 있다.'

냉혹한 데다가 정신까지 오락가락하는 건달프 사부.

그 밑에서 살아남는 것이 지금 주어진 최고의 지상과제였
다.

'그래, 바로 그거야! 흐흐흐. 그 생각을 못했네.'

배고픔에 정신을 잃어가는 그 순간, 번뜩 생각나는 한 가지
마법.

"토깽이, 이젠 죽었어."

초원 지대에 많이 번식해 있는 토끼들.

나는 머릿속에 번뜩이는 마법을 생각하며 토끼를 찾았다.

그리고 손은 서툴게 수식을 펼치며 마법 의지를 발현해 갔
다.

"오! 토끼다!"

그때, 수십 미터 근방에서 풀을 뜯고 있는 통실한 토끼 한
마리. 눈이 뒤집히며 나는 마법 수식을 완성해 갔다.

퍼버벙!

"와우! 잡았다!"

화르르르르.

'헛! 벌써 저 경지라니.'

수십 년 만에 어렵게 얻은 제자 강혁.

아이달은 투명 마법으로 몸을 가린 채 제자 주변을 맴돌았다.

미개척지로 남아 있는 이곳은 흑곰을 비롯하여 야생 맹수도 제법 살았다.

그런 상황에서 이제 갓 1서클 마법을 배운 제자에게 사고가 날 수도 있었다.

'짐작은 했지만 저렇게 빨리 마법에 익숙해지다니.'

1서클 마법사는 칼리얀 대륙에 널리고도 널렸다. 조금만 마나 친화력이 있다면 배울 수 있는 것이 1서클 마법이었다.

그러나 강혁은 그런 허접한 마법사들과 싹수가 달랐다.

아무리 마나 주입 마법진으로 마나를 느낄 수 있게 해주었다지만 저렇게 빨리 1서클 마법을 수련할 수 있는 존재는 드물었다.

희대의 마법 천재라는 아이달 자신조차도 석 달이 되어서야 마나를 본격적으로 운용할 수 있었던 것이다.

그런데 강혁이라 불리는 대한민국의 소년은 한 달 만에 마나 호흡법을 이용하여 마나 활용 단계에까지 이르렀다.

그것도 가르쳐 주지 않은 마법이건만 간단한 응용으로 파이어 볼을 만들어 사용하고 있었다.

"크하하하! 난 역시 천재야!"

파이어로 면적을 넓혀 토끼 사냥에 성공한 강혁의 호탕한 웃음소리.

아이달의 입가에 흐뭇한 미소가 흘렀다.

강제적으로 제자를 삼았음에도 기죽지 않고 최선을 다하는 강혁에게 더욱 정감이 붙기 시작했다.

'요 녀석, 네 녀석이 천재인 줄은 알겠지만 내일부터는 그 소리가 쏙 들어가게 해주마. 크크.'

아이달도 이렇게 마법을 배웠다.

정식 마법사가 아닌 전투 마법사로 시작해 금안의 사신 아이달이라는 칭호를 받았다.

필사적인 것만큼 마법 수련에 필요한 것은 없다는 것을 아이달은 알고 있었다.

죽을 정도로 노력하지 않으면 마나는 쉽게 행복을 허락하지 않았다.

세상 모든 것이 그렇겠지만 마법은 더욱 그러했다.

마나, 그것은 사랑할수록 더 튕기는 요녀였다.

"너도 알다시피 네 몸의 마나 홀이 서클을 더하였다."

'나도 알고 있다고요, 사악한 대마법사님!'

가부좌를 틀고 건달프 사부의 말을 가슴에 담았다.

"칼리얀 대륙에도 마나 호흡법이 존재를 한다. 기사들에게는 기사들만의 호흡법이, 마법사에게는 마법사만의, 정령사에게는 정령사만의 호흡법이 제각기 따로따로 전해진다. 그 이유를 대륙에 있을 당시에는 나도 알지 못했다. 그러나 지구에서 그를 만남으로써 확연히 깨달을 수 있었다."

마법사라는 것을 확신한 이후로 아이달 사부의 말을 무시하지 않았다.

이유야 어떻든 간에 그가 나를 세상 밖으로 내보내지 않을 것이 확실한 이상, 최대한의 살 궁리는 필요하였다.

그리고 천성 자체가 어느 것에 매달리면 끝장을 보는 스타일이라 나는 마법이라는 안드로메다 급 사차원적인 학문에 도전하였다.

"내가 지구에 떨어져 동남아를 여행하고 있을 당시 중국은 극심한 혼란기였다. 청 제국이 멸망하고 일본이 중국을 침공하였고, 중국 내부는 공산당과 국민당의 대열 속에 황폐해져 있을 시대였다. 당시, 영국 공사의 수행원을 가장하여 중국을 여행했을 때 그를 만났다. 장가계라는 곳에서 혼탁한 세상을 한탄하며 스스로 굶어 죽어가던 청해 도인을 말이다."

'한국어를 비롯해 어지간한 외국어는 다할 수 있다고 하더니, 다 이유가 있었군.'

"지난 한 달 동안 네가 기본적으로 수련한 마나 호흡법은 청해 도인이 전수해 준 이름 모를 내공심법을 나름대로 재해

석하여 마나 호흡법으로 만들어놓은 것이다. 나는 청해 도인이 전해준 내공심법이라는 것을 만나고서야 알았다. 마법사들이 왜 어렵게 마나를 수련해야 했으며, 기사들은 어찌하여 같은 마나를 가지고 오러 블레이드밖에 만들어내지 못하는지를 말이다. 또한 정령사들은 미약한 마나를 가지고 차원계를 열고 정령을 소환할 수 있는지 말이다."

일반 주입식 학문과 비교할 수 없는 마법 수업.

단 한 자도 놓치지 않으려고 정신을 집중했다.

"그 차이는 바로 단전의 차이였다. 청해 도인이 말하기를, 모든 자연지기, 즉 마나는 형체도 없으며 멸하지도 않는다고 하였다. 존재하지만 존재라고 말할 수 없는 것이 바로 자연지기 그 자체라 하였다. 그런 자연지기를 인간이 임의적으로 선택하여 단전 안에 가두면서 내공의 축적, 즉 마나 축적이 시작된다고 하였다."

잔잔하게 이어지는 사부의 친절한 설명.

가슴속에서 작은 불길이 일었다.

'나도 마법사가 된 건가?'

불과 한 달 전까지만 해도 아무것도 모르는 평범한 학생에 불과했던 나. 그런 내가 세상에 존재하지 않는 미지의 마법을 수련하고 있었다.

"강력한 물리적 힘을 원하는 기사들은 본능적으로 쉽게 혼탁하지만 큰 마나 홀을 이룰 수 있는 하단전에 마나를 축적하게 되었고, 수많은 세월을 통하여 그들 나름대로 마나의 운기법을 찾아내었다. 그것이 바로 기사들의 마나 호흡법이다. 그리고 물리적 힘보다는 일정한 법칙 속에서 자연의 힘을 강력하게 끌어내기를 희망했던 마법사들은 하단전보다 순수한 기운이 들어찰 수 있는 중단전, 즉 심장 부근에 마나를 쌓았다. 그리고 정령사들은 마나보다 중요시하는 정령과의 교감, 즉 자연에 녹아 있는 기운을 가장 순수하게 느낄 수 있는 상단전, 정수리 부근에 마나를 쌓았다. 이것이 기사와 마법사, 정령사를 구별하는 기준이 되었다."

'음, 그런 깊은 뜻이 있었군.'

배워도 배워도 끝이 없는 마법.

가슴이 뜨거울 정도로 재미있었다.

"혹시 청해 도인이 전한 내공심법에 양의심공이라는 단어가 들어가지 않습니까?"

"헛? 그것을 네가 어찌 아느냐?"

'얼라리! 무협 소설에 있던 그 양의심공이 맞는 거야?'

판타지 소설과 무협 소설을 즐겨 읽지 않지만 가끔씩 머리를 식힐 때 애독하였다.

침대에 누워 맛있는 먹을거리와 함께하는 상상의 세계.

그 맛은 아는 자만이 아는 천상의 휴식이었다.

그런데 순 100% 구라라 생각했던 판타지와 무협이 허구가 아님이 판명되었다.

"네가 어찌 알았는지 몰라도 청해 도인이 내게 준 서적에는 현허양의심공이라 적혀 있었다. 칼리얀 대륙에선 찾아볼 수 없는 대단한 마나 연공법이었지."

'도대체 이 건달프 사부의 한계는 어디까지야?'

매번 놀라는 일이지만 건달프 사부가 즐겨하는 취미 생활을 보고 나는 깜짝 놀랐다.

지하 마탑의 중앙 홀에 설치된 수십 개의 대형 TV.

50인치는 넘는 최신형 PDP TV가 가득 들어차 있었다.

그리고 그 TV에서는 지구상에 있는 대부분의 국가에서 송출되는 방송이 저마다의 언어로 시끄럽게 떠들고 있었다.

그런 방송을 보며 울고 웃으며 시간을 즐기는 건달프 사부.

어학에 그리 소질이 없는 나의 존경을 받을 만하였다.

"지금 마탑이 존재하는 이곳은 지구상에서 가장 순수한 마나가 모이는 곳이다. 너도 알다시피 요 수십 년 동안 산업화를 겪으며 지구의 마나는 심각하게 오염되었다. 그렇기에 내가 처음 지구에 도착했을 당시보다 반절 이상의 마나가 오염되거나 사라지고 없다. 원래부터 칼리얀 대륙보다 마나의 양과 질이 현격히 떨어져 있는 지구였기에 그 파장은 마법을 수련하는 자에게 심각하게 다가온다. 하지만 너는 잘난 이 사부를 만나 그런 걱정은 붙들어 매도 된다. 너는 이 사부만 믿고 따라오면 되는 것이니라."

남자가 여자를 꼬드길 때 사용하는 신파적인 대사.

'나만 믿고 따라오라'는 진부한 말을 뱉어내며 허연 수염을 매만지는 건달프 사부. 칭찬에 굶주린 유치원 아이들과 같은 표정을 짓고 있었다.

'울어야 하나, 웃어야 하나. 하이고!'

"한 번 사부는 영원한 사부! 성심을 다해 사부님의 은혜를 가슴 깊이 고이고이(?) 담겠습니다!'

고이고이를 힘주어 강조했다.

누가 마법사가 되겠다고 했던가. 지금쯤이면 이제 막 말을 트기 시작한 서예린과 알콩달콩 눈맞춰 가며 꿈같은 학교생활을 하고 있을 것이다.

그런 나의 청춘에 나타난 불청객 건달프.

마음 같아서는 유괴 혐의로 고소하고 싶었지만, 한 달이 넘는 동안 제법 정이 들었다.

절대 고향을 떠날 수 없다며 시골에서 농사를 짓고 계시는 할아버지의 모습이 건달프 사부에게서 살포시 보였다.

명절 때마다 찾아뵙고 떠나는 날에 언제나 보여주던 말없는 그리움의 눈빛.

건달프 사부의 금안에서는 가끔씩 알 수 없는 그리움과 외로움이 느껴졌다.

"네 마음이 그렇다면 이 사부가 가만히 있을 수야 없지. 내 오늘 특별히 너를 위해 새로운 사냥터를 개방하마. 기대해도 좋을 것이야. 흐흐흐……."

'그럼 그렇지. 개뿔, 그리움의 눈빛은…….'

나이에 어울리지 않는 음흉한 웃음을 즐겨 뱉는 변태 사부.

잠시나마 착각에 빠졌던 나의 순수함을 원망하였다.

'이게 다 가훈 탓이야!'

정직이라는 우리 집 가풍과 전혀 연관이 없는 가훈. 이렇게 순수한 영혼을 소유한(?) 나를 만들어낸 원흉이었다.

Chapter 03
위대한 제자의 탄생

21
세기
대마법사

꾸에에에! 꾸에에에에에!

"엄마야!"

두두두두두!

사람은 언제나 겸손해야 한다는 진리가 이럴 때 통용되는 말이리라. 이렇게 빨리 2서클에 오른 이는 마법 역사상 아무도 없다는 사부의 꿀 바른 칭찬에 한껏 고무된 나.

제법 깊숙한 숲 속에 떨어뜨려 놓고 시작된 고난의 행군에 성현의 옛 말씀을 눈물을 흘리며 깨달을 수 있었다.

내가 마법으로 잡을 수 있는 토끼는 이곳에 없었다.

그리고 때가 차서 배는 고팠고, 나는 잠깐 정신 줄을 놓았다.

'내가 미친놈이야! 으아아!'

등 뒤에서 느껴지는 엄청난 살기. 거짓말 조금 보태서 황소만 한 멧돼지가 내가 뿌린 파이어 볼 마법에 살짝 구워져 미친 듯 달려오고 있었다.

아무리 2서클에 오르면 뭐 하는가. 깨달음과 마나의 양은 비례하지 않다는 것을 난 온몸으로 느껴야만 했다.

'아, 진짜 단검도 아니고 몽둥이가 뭐냐고! 크아아!'

미친 듯 달리면서도 나는 손에 들린 나무 몽둥이를 보고 미칠 것 같은 기분을 맛보았다.

아무리 태권도 4단에 검도 3단이면 뭐 하는가. 무기가 형편없는 나에게 삼겹살을 출렁이는 시커먼 멧돼지는 공포 그 자체였다.

'이러다 죽는다!'

태어나 처음으로 경험하는 버라이어티 야생 체험. 멧돼지에 물려 죽는다는 말이 사실이라는 것을 실감하며 나는 살 곳을 찾았다.

'살았다!'

그때, 갑자기 산신령이 도왔는지 떡하니 나타난 거대한 돌덩이.

파앗!

자리를 힘차게 박차고 돌덩이 위로 몸을 날렸다.

쿠웅!

"헐!"

내가 자리를 박참과 동시에 거의 따라잡은 멧돼지가 관성의 법칙에 의하여 돌덩이를 받아버렸다.

'대, 대단하다!'

발밑에서 느껴지는 무식한 진동. 저 멧돼지에 등을 받쳤다면 유품으로 신발 한 짝 건지기 힘들었을 것이다.

꾸에! 구에! 꾸에에에에에에에!

돌을 들이받고도 멀쩡한 용맹한 멧돼지 선생.

돌 위에 올라 몸을 떨고 있는 나를 향해 시뻘겋게 충혈된 갈색 눈동자를 빛내고 있었다.

내가 놈을 고기라는 이름으로 생각하는 것처럼 놈도 나를 한 끼 식사로 보고 있음이 분명했다.

'이거 너무한 거 아니야? 2서클 마법이 뭐 이따위야?'

마법의 3요소인 마나, 의지, 그리고 수식. 2서클의 공격 마법 중 파이어 볼을 완벽하게 3요소대로 수련한 나는 무언가 잘못되었음을 깨달았다.

그래도 명색이 수련 마법사의 시작이라 불린다고 사부가 말하던 2서클 마법.

그런데 내가 완벽하게 뿌린 파이어 볼은 멧돼지의 튼튼한 가죽과 털을 그을리는 데 불구하였다.

'내가 현재 소유한 2서클 마나 양이라면 저 멧돼지가 사망에 이르지는 못하더라도 거동이 불편한 전치 8주 이상은 나와야 정상이다. 그런데 고작 2도 화상에 이르는 상처를 입혔다면… 으드득! 사부가 도대체 나에게 무엇을 숨기는 것인가! 으아아!'

답은 명확하였다.

중국산 마정석이나 기초가 부족한 상태로 시작한 단기 속성 마법진의 한계가 분명했다.

철퍼덕.

꾸에에! 꾸에에!

'저, 저런 때려죽일 놈을 봤나!'

고민에 잠깐 빠져 있는 사이 2미터 높이의 돌덩이 아래에 배를 깔고 누워버리는 멧돼지.

내 뼈를 꼭꼭 씹어 먹어버리겠다는 강렬한 의지가 한껏 발산되고 있었다.

'방법을 찾아야 해, 방법을!'

멧돼지가 비축한 지방질보다 한 달 동안 극한 훈련에 돌입해 근육과 뼈만 남은 나의 영양 상태는 비교 불가능한 상황.

하루만 지나도 배고픔에 눈이 돌아 멧돼지를 위하여 몸을 던질 것 같은 불길한 예감이 들었다.

'가만, 그러고 보니…….'

이곳에 떨어뜨려 놓기 전에 사부가 흘리듯 말했다.

마나 홀의 크기는 누가 도와줄 수 없는 자신만의 밥통 크기라고.

'2서클에 올랐더라도 나는 아직 마나가 부족한 것이다. 더욱이 마나 홀이라 불리는 하단전과 중단전, 상단전에 동시에 마나를 축적하고 있기에 그 발현되는 마나 양은 극히 적음이 당연하다.'

더욱이 사부는 내가 2서클을 완성했다고 했지, 2서클의 마나 양이 얼마인지는 정확히 말해주지 않았다.

'사악하고 쪼잔한 좁쌀탱이 같은 변태 건달프 할방!'

안에서 시끄럽게 욕이 스멀스멀 뱉어 나왔다.

'양의심공이라 했지?'

속성 마나 축적 마법진에 갇혀 있는 상태에서 무작정 외웠던 사부의 마나 연공법.

한국어로 자세히 풀어 설명해 준 양의심공 구절이 문득 떠올랐다.

'분산되어 축적되고 있는 마나를 일시에 마법에 실을 수만 있다면… 저 도야지 새끼를.'

인간 강혁의 의지를 시험하는 황소만 한 멧돼지.

의지를 활활 불태우며 눈을 감았다.

'조금만 기다려. 네 몸을 반드시 통구이로 만들어 버릴 테니까.'

화를 가라앉히며 가부좌를 틀었다.

'하나가 둘이 되어 음과 양이라 불리고, 그러한 음과 양에서 천지를 구성하는 오행이 자라나며 오행은 저마다의 특색으로 상생상극하니 이것을……'

구절을 생각하면 저절로 호흡이 일었고, 호흡은 대자연의 정기를 내부에 축적하게 되는 마나 호흡법.

사부가 꿈결처럼 마나를 이끌어주었던 경로를 열어가며 호흡의 기운을 담아갔다.

간악한 사부를 닮은 멧돼지에게 극락 구경을 시켜주기 위하여.

나 강혁은 그런 놈이다.

쪼잔할 때는 한없이 쪼잔하고, 넓을 때는 태평양보다 더 넓은 마음을 소유한 천상천하 유아똥배짱.

그게 바로 나였다.

"허어……"

눈으로 보고도 믿기 어려운 광경에 아이달은 투명 마법 시전 중임도 잊은 채 감탄을 터뜨렸다.

하나를 가르쳐 주면 능히 몇 개를 알아서 터득해 버리는 희대의 천재를 보고 있는 기분은 몹시 묘했다.

한때, 칼리얀 대륙 최고의 마법 천재라 자타가 공인하였던 아이달.

그런 아이달을 훨씬 뛰어넘는 천재를 이곳 지구에서 볼 줄은 상상도 못했다.

아무리 마법진의 마나로 탁한 몸의 기운을 씻어냈다 하더라도 저렇게 뛰어날 수는 없다.

'저놈은… 태어날 때부터 마나의 아들이다.'

7서클 이상의 마법사만 펼칠 수 있는 마나 클리어 대법.

시전받는 자는 자라는 동안 혼탁해진 육신에 낀 탁기를 제거받아 순수한 마나를 담을 수 있는 육체와 마나 홀을 소유하게 된다.

또한 부수적으로 깨끗해진 육신 덕분에 오성이 발달하게 되어 마법사로서 탄탄대로의 삶을 살아갈 수 있다.

하지만 아무리 직속 제자라 해도 마법사들은 함부로 이것을 시전하지 않는다.

자연에서 끌어내어 마나 클리어 대법을 펼치는 것이 아니라 본인이 쌓은 마나로만 가능하기 때문에 제법 많은 마나를 잃어버리게 된다.

자칫하면 서클이 무너질 정도로 말이다.

그런 대법을 아이달은 강혁이 자는 동안 무려 한 달간이나 펼쳤다.

'너라면 할 수 있을 것이다. 의지를 잃지 마라. 강혁, 나의 제자야. 이제 시간이 얼마 남지 않았다.'

가고 싶지만 갈 수 없는 칼리얀 대륙.

청해 도인을 만나기 전만 하더라도 아이달은 칼리얀 대륙으로 돌아가기 위하여 미친 듯이 세상을 돌아다녔다.

차원 이동 마법진은 엄청난 순수 마나를 소모하였다. 그렇기에 순수한 마나가 모여 있는 곳을 일일이 발로 찾아다녀야 했다.

그러던 차에 온 세상의 아픔을 짊어지고 천지신명께 용서를 구하며 죽어가던 청해 도인이 던진 한마디에 깨달음 하나를 얻었다.

삶과 죽음은 경계가 없는 것. 어디가 어떠한들 달라질 게 무어냐는 그 한마디.

어차피 칼리얀 대륙에 그를 반겨줄 이도 없었고 더 이상 이룰 것도 없었기에 발로 헤매고 다녔던 지구가 고향처럼 느껴졌다.

하지만 자신을 우롱한 원수는 꼭 갚고 싶었다.

아니, 이대로 사라져 버릴 자신의 마법이 사장되는 것이 마법사로서 너무도 아까웠다. 칼리얀 대륙에 가서 자신이 얻은 심득을 가슴 터져라 알리고 싶었다.

역사상 그 누구도 이루지 못한, 드래곤에게만 허락된 9서 클에 도전하는 금안의 사신 아이달의 제자.

그렇기에 아이달은 차원 이동 마법진을 완성했다.

그리고 아이달만의 방법으로 새로운 차원 이동의 방법을 만들어내었다.

칼리얀 대륙의 냄새가 비슷하게 풍겨나는 황금소로에 환 상 결계를 쳐놓은 상태로 자기 대신 생고생을 할 제자를 낚시 질(?)하면서 말이다.

'그놈은 잘 있는지 모르겠군. 얼어 뒈질 놈!'

사실 강혁이 첫 번째 제자가 아니었다. 약 20년 전, 우연찮 게 결계를 뚫고 자신을 찾아온 또 한 놈이 있었다.

하지만 놈은 심안이 탁하고 사악한 자였다. 마법을 배우면 서 스승의 재산을 탐내 시해하려던 자.

마음 같아서는 파이어 볼 한 방으로 태워 죽이고 싶었지만 놈이 무릎을 꿇고 머리가 터져라 바닥에 찧으며 목숨만 살려 달라 사정하는 바람에 죽이지 못했다.

지구에서 얻은 첫 번째 제자라는 점이 마음을 약하게 만들 었다.

어차피 마법이라고 해야 3서클 공격 마법까지만 배웠기에 큰 위험도 되지 않았다.

'강혁, 넌 해낼 수 있을 것이야. 이 스승이 이론만 완성한 마나 호흡법이지만 넌 반드시 이룰 것이다. 마나 홀의 통합을!'

나이를 먹긴 했지만 아이달은 골수까지 마법사였다. 청해 도인이 남겨놓은 내공심법을 연구하여 새로운 마나 호흡법을 창안하였다.

하지만 아이달은 수련할 수 없었다.

8서클 마법사가 되어버렸기에 중단전에 자리 잡아 굳어버린 마나 홀은 다른 홀과 비교할 수 없을 정도로 강대해져 있었다.

만약 여기서 억지로 마나 홀의 통합을 이룬다면 불균형의 극에 다다른 다른 마나 홀들이 터져 버릴 것이다.

때문에 지금 강혁이 수련하고 있는 마나 호흡법은 그 누구도 도전해 보지 못한 새로운 수련법이었다.

마법 역사상 드래곤도 도전한 적 없는 위대한 발걸음의 시초인 것이다.

'됐다!'

어머니가 들려주는 어릴 적 자장가처럼 한없이 평안해지는 마나 호흡법의 구결.

전설로 내려오는 도가 계열의 양의심공을 바탕으로 한 마나 호흡법은 호흡을 하는 동안 자연과의 일체감을 맛보게 해 주었다.

그리고 내 의지가 더해진 마나들은 상단전, 중단전, 하단전에 모여 있던 마나를 미약하게나마 통합하게 만들어주었다.

꾸우우우우우!

꾸우우우우우!

나를 돌판 위에 가둬놓고 장기전에 돌입한 멧돼지.

태평하게 배를 드러내 놓고 팔자 좋게 잠을 처자고 있었다.

'아우! 만물의 영장인 인간을 우습게보는 멧돼지! 너를 강혁의 이름으로 처단한다!'

정의의 이름으로 악의 처단을 즐겨하던 세일러문 누나의 대사를 읊으며 마나를 서클이 자리 잡고 있는 중단전에 모았다.

"타오르는 나의 의지여, 나의 친구 마나여, 나의 분노는 너의 분노. 여기 나의 이름으로 불의 정화를 원하노라!"

나직한 목소리로 정신을 집중하며 마법 주문을 외웠다.

자연에 녹아 있는 순수한 무속성의 마나를 내 안에 품고 있는 마나와 의지를 수식을 통하여 세상에 나타내는 것.

마법은 그렇게 발현되는 것이다.

번쩍.

자연에 방사되어 살고 있는 동물들은 자연의 기운에 민감한 법. 내가 주변의 마나를 끌어들이자 수상함을 느낀 돼지새끼가 눈을 번쩍 떴다.

한숨 잘 퍼질러 자고 일어나서 피곤이 싹 물러난 멧돼지.

놈 때문에 반나절 동안 꼼짝도 못하고 마나와 씨름하였던 내 자신이 너무나 불쌍했다.

"확 뒈져 버려, 이 똥돼지야! 파이어 볼!"

위이잉.

파이어 볼이라는 영창이 떨어지자 심장에 모여 있던 마나들이 강력하게 진동하는 것이 느껴졌다.

파바바바밧!

진동이 끝나기가 무섭게 멧돼지 머리 위로 어느새 나타난 거대한 불덩이.

"와우!"

펼치는 내가 더 놀랐다.

무려 지름 50센티미터는 될 것 같은 거대한 불덩어리. 지금까지 펼쳤던 내 마법들은 아스팔트의 껌 딱지처럼 한없이 초라할 정도였다.

퍼버버버벙!

화르르르르르르르.

꾸에에에에에에에에엑!

마른하늘에 불벼락을 맞은 멧돼지를 본 적이 있는가?

싹수없이 인간을 식사거리로 노리던 천벌받을 멧돼지.

어둑해진 숲을 벼락 맞은 놈처럼 달렸다.

콰다당!

꾸에에에에에에~!

그리고 거대한 나무를 그대로 들이받으며 구슬픈 단말마를 남겼다.

"푸하하하하하하하하하! 그래! 바로 이거야!"

돌판 위에서 일어나 하늘을 바라보며 힘찬 웃음을 터뜨렸다.

2서클 마법다운 파괴력.

더욱이 얼마 되지도 않는 마나를 통합하여 이루어낸 위대한 업적.

난 하늘이 내린 희대의 천재였던 것이다.

"어?"

휘청.

그런데 갑자기 하늘이 빙글거리며 돌았다.

주루룩.

코에서 뭐가 팍 하고 터지며 주르르 국물을 흘려내었다.

'제, 젠장……'

통쾌함도 잠시, 온몸에 밀려드는 강렬한 피곤함에 그대로 정신 줄을 놓아버렸다.

'아~ 내 멧돼지……'

파이어 볼에 의하여 맛있게 익어가는 멧돼지 통구이의 잔상을 마지막으로 떠올리며.

콰당!

"쯧쯧."

혹시나 했더니 역시나 문제가 발생하였다.

스톤엣지 마법으로 생성된 돌 위에서 좋아라 광소를 터뜨리던 강혁이 2미터 아래 흙바닥으로 기절한 채 쓰러져 버렸다.

그리고 그 순간 투명 마법을 해제한 아이달이 혀를 차며 나타났다.

"바보 같은 놈. 이제 오크 꼬리만 한 마나를 억지로 통합해 놓고 좋아라 하다니. 흐흐. 맛이 어떠냐, 마나 고갈의 뜨거운 맛이?"

마법사라면 살면서 한두 번쯤은 겪어보는 마나 고갈 현상.

자신에게 허락된 이상의 마나를 사용할 때 나타나는 현상으로, 저 서클 때는 그리 큰 영향은 없지만 고 서클 마법사가 이 현상을 맞이하면 마나 붕괴로까지 이어져 죽을 수도 있었다.

"원래 첫 경험은 그렇게 날카로운 것이니라. 큼."

마나 고갈로 기절한 채 몸을 떨고 있는 제자에게 친절한 설명과 조언을 아끼지 않는 아이달.

그의 눈동자에 모락모락 김을 뿜어내며 익어가고 있는 멧돼지가 들어왔다.

"그놈 참 실하네. 크크."

"그, 그 고기!"

누군가 몽둥이로 후려 까서 기절한 것처럼 삭신이 자근자근 쑤셨다. 하지만 그런 고통 속에서 비몽사몽간을 헤맬 때, 코로 파고드는 향기로운 냄새가 아밀라아제와 말타아제 분비를 촉진시키며 나를 깨웠다.

생명을 깨우는 향긋하고 구수한 그 냄새.

번쩍 뜨인 내 눈에 제일 먼저 들어온 것은 내가 생활하고 있는 내 방 천장과 통실하게 살이 붙은 거대한 고깃덩어리였다.

우적우적.

내 물음에 답하지도 않고 사부라는 작자는 우적거리며 맛나게 뒷다리를 뜯고 있었다.

'아무리 봐도 돼지고기 냄새야. 아~ 언젠가 맛본 적 있는 멧돼지 숯불구이가 분명해.'

개 코를 속일지언정 내 코를 속일 수 없음은 우리 집안 사람은 다 알고 있었다.

그런 사냥개의 후각을 소유한 내 코에 느껴지는 고깃덩어리에 대한 정확한 판단.

'재주는 곰돌이가 부리고 돈은 곰순이가 번다더니 딱 그 짝이로군.'

목숨 바쳐 일구어낸 위대한 마법적 업적을 혼자 삼키고 있는 건달프 사부.

내가 잡은 고기를 주인의 허락 없이 독점하여 남용하고 있었다.

"사, 사부님, 어째 그 고기가 저도 알던 고기인 것 같습니다?"

"우적! 그래? 쩝쩝! 난 잘 모르겠다. 신들이 요즘 몸이 허함을 알았는지 내 앞에 떡하니 멧돼지 구이 한 마리를 선사하지 않았겠느냐. 어찌나 감격스럽던지, 열다섯 살 때 좋아하던 여마법사의 팬티를 보았을 때처럼 눈물이 핑 돌더라."

비교를 해도 참으로 사람의 값어치를 떨어뜨리는 품격없는 비유를 하는 건달프 사부.

누가 건달(?) 사부 아니랄까 봐 추접하기가 극치를 달렸다.

"혹시 그 멧돼지가 파이어 볼에 맞은 흔적 같은 것 없었습니까?"

"파이어 볼? 그런 것은 모르겠다. 다만 내가 봤을 때는 딱 맞게 잘 익어 있더라. 캬아! 이렇게 실한 놈은 또 난생처음 봐요! 어찌나 고기가 야들야들한지, 고량주에 먹으니 죽인다, 죽여."

주르르.

나도 모르게 입에서 침이 흘러내렸다.

대충 보아도 하루 이상 굶은 몸 상태.

어떻게든 멧돼지 고기에 대한 소유권을 주장해서 이 난국을 타개해야만 했다.

"사부님, 외람되지만 그 멧돼지 고기는 제가 파이어 볼로 잡은 그놈이 분명한 것 같습니다. 이제 그만 드시고 이 제자에게 양도를 하심이 사부와 제자의 의리를 상하지 않는 좋은 방법일 줄 아뢰옵니다."

점잖은 문구를 섞으며 내 것임을 주장했다.

"증거 있어? 참나, 그리고 네놈이 파이어 볼을 만들었다고? 웃기는 소리 하네. 오크가 짧은 다리로 지랄 옆차기하는 소리 말고 배고프면 공손하게 한 점 달라고 사정해라. 사내놈이 어찌 신성한 먹을 것 앞에서 거짓말을 한단 말이더냐."

역시 강하게 되받아치는 사부.

내가 자는 동안에 얼마나 처드셨으면 황소만 한 멧돼지가 똥개 크기로 줄어들어 있었다.

'딱 걸렸어! 이 양심없는 노인네 같으니라고!'

"그럼 이 제자가 파이어 볼을 만들어내면 제가 한 말이 진심임을 믿겠습니까?"

"파이어 볼? 그래, 네가 파이어 볼을 만들어내면 내가 믿어주마."

'크하하! 보여주겠어, 이 천재님의 마법 실력을!'

배고프지만 고기를 먹을 수 있다는 희망으로 힘차게 자리에서 일어났다.

"타오르는 나의 의지여, 나의 친구 마나여, 나의 분노는 너의 분노. 여기 나의 이름으로 불의 정화를 원하노라!"

한자 한자 또박또박 의지를 담아 마나를 일으켰다.

'어? 어!'

하지만 내 뜻과 달리 마나는 움직이지 않았다.

콩!

"악!"

대신 떨어지는 사부의 차돌 같은 주먹.

"에라이, 나쁜 놈. 동방예의지국에서 온 놈이 고기가 탐이나 사부를 기망하다니. 처먹어라. 네가 원하던 고기다."

말이 끝나기가 무섭게 사부의 이빨 자국이 선명하게 난 뒷다리가 눈앞에 등장했다.

'아무리 먹을 것이 없기로서니 킬리만자로를 군림하는 표범처럼 살고 싶은 나에게!

"잘 먹겠습니다."

마음과 달리 어느새 손은 재빠르게 고기를 받아 들고, 입가에는 감격의 미소가 깃들어졌다.

"그래, 그래야지. 앞으로는 그렇게 구라 치지 말고 착하게 살아라. 배고픈 것은 죄가 아니니라."

"사부님의 말씀, 명심 또 명심하겠습니다."

준엄한 훈계를 내리고 등을 돌리며 방을 빠져나가는 사부.

'크으, 어찌 눈물 젖은 빵을 먹지 않고서 인생을 논할쏘냐! 언젠가는 반드시 저 악마와 동기동창생인 사부를 꺾고 말리라!'

활활 타오르는 승부욕.

힘없고 빽없는 자의 슬픔을 타향 만리 이국땅에서 나는 온몸으로 체득할 수 있었다.

우적.

그리고 건달프 사부가 남긴 살 몇 점 붙어 있지 않은 멧돼지 고기를 힘껏 씹어갔다.

'맛있다!'

솟구쳐 오르는 눈물을 참으며 먹는 멧돼지 고기의 아련한 맛.

둘이 먹다가 둘이 죽어도 모를 환상 그 자체였다.

쉭쉭.

'술 남은 것은 없나?'

이왕 비굴해진 판, 철저하게 나는 나를 비웠다.

고기는 고기고 비굴은 비굴일 뿐이었다.

"저, 저를 보내주신다고요?"

믿기지 않는 사부라는 작자의 확언.

"그래. 영 진도도 안 나가고 돌머리인 네놈 가르치는 것도 나이 먹어 힘이 드는구나."

'이걸 믿어야 하나? 보내준다고 해놓고 어디 원양어선에 취직시키는 것 아냐?'

믿고 사는 사회가 아름답지만 워낙 나에게 사기를 쳤기에 믿기보다는 의심이 먼저 들었다.

"크윽! 사부님, 고맙습니다. 사실 말씀은 안 드렸지만 저로 말씀드릴 것 같으면 무량 강 씨 합공파 45대 종손으로 가문의 중흥을 책임지고 있는 막중한 임무를 띠고 이 땅에 태어났습니다. 저 하나야 괜찮지만 저를 잃어버림으로써 입게 될 부모님과 할아버지를 비롯한 가문의 여러 어르신들의 심려가 상당히 크실 것이옵니다. 사부님이 만약 저를 집으로 보내주신다면 그 은혜를 뼈가 가루가 되고 그 가루가 바람에 날려 다 없어지도록 잊지 않겠습니다."

기회를 놓치면 천하의 등신이었다. 이미 경험했다시피 언제 마음이 변할지 모르는 건달프 사부의 변덕.

자존심이고 뭐고 있을 턱이 없었다.

오직 대한민국 그리운 고향의 품으로 돌아가고 싶었다.

"어째 풍기는 뉘앙스가 내가 너를 억압, 착취 내지 폭압을 사용하여 감금한 것 같구나? 설마 정당하게 사제 계승의 선물까지 받아놓고 나를 원망하는 것은 아니겠지?"

위험한 순간이었다. 자칫 변태 사부의 심정을 상하게 한다면 무인도에 떨어뜨려 놓을 양반이었다.

마음이 급해졌다.

"동양의 명언 중에 사부는 부모와 하나라는 말이 있습니다. 비록 처음에는 의도하지 않았지만 이미 스승과 제자의 인연을 맺은 몸으로서 부모님과 같은 은혜를 베푸신 스승님께 허튼 마음을 품겠습니까. 이 인간 강혁, 스승의 은혜도 모르는 몰염치한 놈이 아니옵니다."

간, 쓸개까지 다 빼어줄 것처럼 어울리지 않는 비장미까지 끌어내었다.

"당연히 그래야지. 내가 너를 위해 얼마나 노력했는지 하늘이 알고 땅이 알 것이다."

나의 연기를 뛰어넘는 사기의 결정체.

어찌 저렇게 쉽게 거룩한 하늘과 땅의 이름을 친일과 앞잡이 수준으로 만들 수 있단 말인가.

"이제 헤어지면 언제 만날지 모르니 이 사부가 특별히 너에게 몇 가지 선물을 주겠다."

'엥? 선, 선물?'

예전 같았으면 헤벌쩍해져 받았겠지만 선물에 대한 심히 안 좋은 추억이 있기에 얼굴은 석회 조각상처럼 굳어갔다.

"왜, 받기 싫어?"

내 굳어지는 인상만큼이나 덩달아 찌푸려지는 건달프 사부.

"아, 아니요. 어찌 싫겠습니까. 다만 이 제자가 한 일도 없는데 매번 받는 것이 양심에 찔려서 말입니다. 사부님, 그냥 받은 셈치면 안 될까요?"

천하의 강혁이 이렇게 비굴하고 두려움에 떨며 산 적은 결단코 없었다. 유치원에 다닐 때 부모님의 훈육 방법에 앙심을 품고 초코파이 두 개와 1리터짜리 우유를 들고 4박 5일 두려움없이 가출한 적도 있는 나였다.

그런 내가 건달프 앞에서는 한없이 작아졌다.

특히 마법을 배웠기에 8서클이라는 그 숫자가 주는 무게가 어느 정도인지 잘 알고 있었다.

"흐흐, 사양할 것 없다. 넌 그냥 이 사부의 뜨거운 마음을 받기만 하면 되는 거야."

정말 사양하고 싶은 사부의 끈적거리는 마음.

온몸에 돋는 닭살에 눈을 질끈 감았다.

"이리 따라온, 하나뿐인 내 제자야."

"어, 어디를 말입니까?"

옆집 강아지를 부르는 듯한 친근한 사부의 부름에 나의 걱정이 기우가 아님이 판명되어져 갔다.

"좋은 말 할 때 갈래, 아니면……."

화르르.

말이 끝나기가 무섭게 의지만으로 발현되는 머리통만 한 새빨간 압축 파이어 볼.

"어서 가시지요. 사부님의 마음이 절실히 담겨 있는 그 선물은 이 제자는 말이 나올 때부터 심장을 떨며 기대하고 있었습니다."

어차피 죽이지는 않을 것이라는 확신이 있기에 눈을 질끈 감았다.

반항해 봐야 버는 것은 매밖에 없다는 것을 알고 있는 상황. 죽을 거라면 맞지 않고 죽는 것도 현명한 선택일 것이다.

'으헉! 이, 이게 뭐야?'

공양미 삼백 석에 팔려가는 심청이의 마음처럼 눈 질끈 감고 사부를 따라 마탑의 제일 밑바닥까지 내려왔다.

자가발전기까지 갖춘 마탑은 엘리베이터를 비롯한 최첨단

시설로 무장되어 있었다.

그리고 사부의 시동어로 열리는 거대한 문.

그 문 앞에 당도한 나는 눈가를 어지럽히는 거대한 마법진에 입을 다물지 못했다.

'내가 알지 못하는 저 수많은 룬 어들과 도형. 도대체 이게 무슨 마법진인가?'

아직 고 서클 마법사가 아니기에 마법에 필요한 지식은 많지 않았다. 무슨 까닭인지 이곳에 도착한 이후로 예전보다 머리가 좋아졌음을 깨달았다.

과거에도 아이큐가 150이 넘은 나였지만 그 이상의 명쾌한 두뇌 회전력이 느껴졌다.

"자, 어떠냐, 이 사부의 선물이?"

"네? 선, 선물요?"

마법진을 향해 자랑스럽게 선물이라 칭하는 사부.

"멍청한 놈. 다른 마법사가 봤으면 나를 업고 하늘까지 뛸 정도거늘. 쯧쯧, 차려준 밥도 떠먹여야 하니… 이거야 원."

나를 천하의 한심한 놈이라 생각하는 눈빛으로 바라보는 건달프 사부.

'뭐 어쩌라고?'

하지만 내가 알고 있는 마법적 지식은 아주 미천하기 그지없었다.

갓 산수를 배운 초등학생한테 미분과 적분을 논하라는 식이었다.

"뭐 해, 어서 중심에 가서 앉지 않고?"

"네? 저, 저기 중심에요?"

빨주노초파남보, 일곱 색깔 무지갯빛에 더해진 황금빛이 일렁이는 지름 20미터짜리 마법진.

그 중심에 나보고 앉으라는 사부.

'호, 혹시 나를……?'

마법진에 대하여 아직은 문외한인 나는 지금 눈앞에 있는 마법진이 차원 이동 마법진이 아닌가 하는 의문이 들었다.

쾅!

"멍청한 놈! 네놈을 차원 이동시켰다가는 도착하는 그 다음날 오크 똥으로 나올 것이야!"

'오크 똥……'

하필 많은 똥 중에 개똥과 쌍벽을 이루는 가장 추잡한 오크 똥을 논하는 사부.

'홍! 자기는 뭐 나올 때부터 8서클 마법사였나?'

사부가 눈치가 빨라서 그렇지, 독심술을 완성한 것이 아니라는 것을 최근에 알았다.

지렁이도 이백 년 정도 묵으면 용은 아니더라도 영물이 되듯이 사람도 이백 년을 살다 보면 사람 심리 꿰뚫는 것은 일도 아닐 것이다.

그렇기에 안심하고 가끔씩은 마음을 표현하였다.

"넌 네가 강하다고 생각하느냐?"

"네? 강하지는 않지만 이 한 몸 지킬 정도의 힘은 있습니다."

거짓말이 아니라 사부가 아니라면 어느 곳에 가서도 맞고 살지 않을 자신은 있었다.

"그래? 잘 벼른 무기로 무장한 정병들과 싸우면 이길 수 있을 것 같더냐?"

"네, 네?"

"오러 블레이드를 사용하는 기사들의 단 일검이라도 받아낼 자신이 있더냐?"

'이건 또 뭔 소리래?'

"……."

"건장한 인간들보다 두 배 정도의 신체 능력을 소유한 떼거지 오크 전사들과 싸워서 목숨을 보존할 수 있을 것 같더냐?"

건달프 사부는 평소에 보이지 않는 차가운 냉소를 짓고 있었다.

"하, 하지만 그들은 이 세계에 존재하는 이들이 아니지 않습니까?"

사부가 말한 이들과 솔직히 싸워서 쉽게 이길 수는 없을 것이다. 특히 마나의 특화된 힘인 오러를 사용하는 기사는 지금의 나에게는 한참 버거울 것이다.

"그럼 네놈은 총알을 막을 수 있느냐?"

"네? 초, 총알이요?"

도대체 무슨 말이 하고 싶은 것인지 몰랐다. 아니, 세상에 슈퍼맨 말고 총알을 맨몸으로 막을 수 있는 사람이 어디 있겠는가.

"난 총알뿐만 아니라 어지간한 대포알도 무시할 수 있다."

'제길, 역시 슈퍼 건달프 할방이었어.'

말하는 분위기로 보아 절대 거짓이 아님을 알 수 있었다.

"나만 믿어라. 드래곤이 아니면 어지간한 것들에게는 형님 소리를 듣게 해주마."

'형님? 내가 조폭도 아니고……. 에휴.'

나를 조폭으로 취직시키고 싶은 사부의 간절한 마음.

혀 깨물고 죽지 않는 한 저 똥고집을 누가 말리겠는가.

"마음대로 하십시오."

이곳을 벗어나기 전까지는 존재하지 않는 자유.

자유민주공화국 대한민국, 나의 조국이 이렇게 그리울 때는 태어나 거짓말 조금 보태서 처음이었다.

'나 가요, 어무이.'

아무리 생각해도 위험하기 그지없는 사부의 마법진.

이백 년을 넘게 산 영물 급의 사부지만, 그의 행동은 우리 동네 유치원생과 별반 다를 게 없었다.

그리고 나는 그런 유치원생의 폭력에 굴해 돈을 빼앗기고 있는 불쌍한 고삐리였다.

"저, 사부님……."

마법진의 중앙에 자리를 잡기 전에 사부를 간절하게 불렀다.

"왜?"

도살장에 끌려가는 내 기분도 모르고 코딱지를 파고 있던 사부가 손가락도 빼지 않고 시큰둥하게 대답했다.

"여, 여기에는 중국산 마정석 안 들어갔죠?"

마법진의 신뢰를 결정적으로 반감시켰던 중국산 마정석.

"혁아, 하나만 묻자."

"네?"

갑작스러운 사부의 물음.

"넌 요즘 같은 세상에 중국산 없이 사는 게 가능하다고 생각하냐?"

"……."

더 이상 할 말이 없었다.

마법진 중앙에 찌그러져 한숨을 길게 내쉬고 가부좌를 틀었다.

'그래, 중국산도 가끔은 좋은 물건도 있어.'

나름대로 위안을 삼았다.

하지만 그 좋은 물건이 조개구이를 먹다가 진주가 나올 확률의 랜덤 형태로 등장한다는 것이 문제라면 문제였다.

'반년은 걸릴 줄 알았건만 대단한 녀석이야.'

기가 팍 죽어 마법진 위에 앉아 마나 연공법의 자세를 취하는 강혁. 그런 혁을 바라보며 마법사 아이달은 감탄을 금치 못했다.

사실 칼리얀 대륙에서도 천재 축에 속하는 마법사들도 보통 반년 이상이 걸려야 마나를 응집하고 1서클 마법에 간신히 도달할 수 있다.

마법이 검처럼 쉽게 배울 수 있는 학문이라면 마법사는 개나 소도 대마법사 칭호를 받았을 것이다.

그렇게 어렵게 도달해야 정상인 마법의 경지.

놀랍게도 아이달의 새로운 제자 강혁은 두 달이 조금 안 되는 시간에 2서클을 이룰 수 있었다.

그것도 기사의 마나 홀인 하단전, 마법사의 마나 홀인 중단전, 정령사의 마나 홀인 상단전을 통합해서 말이다.

'3서클의 경지에 이르러 마나의 융합이 자연스럽게 이루어졌을 때 펼쳐야 한다. 하지만 시간이 없다. 더 이상 마나를 가두어둔다면 마나는 폭주하게 될 것이다.'

아이달은 안타까운 시선으로 뭣도 모르고 연공법을 취하고 있는 제자를 바라보았다.

칼리얀 대륙과 달리 특급에 달하는 마정석을 생산할 재료를 찾지 못한 아이달. 그 결과 계산과 달리 차원 이동 마법진에 가두었던 마나들이 안정화되지 못한 채 활성화되기 시작했다. 마나 환원의 법칙에 따라 강력한 마나의 본능이 본래대로 회귀해 버리려 하였던 것이다.

'이제 모든 것은 너의 운에 달려 있다. 주신 아데인님의 축복이 임하기를 바랄 뿐이다.'

차원 이동 마법진만큼은 아니었지만 위험하기 그지없는 강제 지식 전이 마법진.

마나 클리어 대법을 통하여 깨끗해진 육신이라 하더라도 마나를 강제적으로 주입시켜 서클을 생성할 수 있는 단계는 2서클까지.

3서클부터는 누구의 도움도 없이 깨달음을 통하여 서클을 이뤄내야 한다.

그렇기에 마법을 사람들은 현자의 학문이라 말하는 것이다.

'내가 지난 이백 년 동안 깨달은 마법의 모든 이론을 너에게 전수할 것이다. 그 이후의 몫은 너의 것. 네가 깨닫는 만큼 너의 인생은 달라질 것이다.'

강혁이 완전히 호흡법에 빠져 들어가자 아이달은 옆문을

열었다.

문이 열리자 나타나는 지름 3미터의 마법진.

아이달의 머릿속에 있는 마법에 관한 모든 지식을 마법을 통하여 이식할 수 있는 핵심 마법진이었다.

'깨어나라, 나의 제자야! 그리고 이 아이달의 위대한 제자임을 만천하에 알려라!'

이루지 못한 9서클 마법의 벽.

아이달은 소망하였다.

하나뿐인 제자가 그를 뛰어넘는 위대한 대마법사가 되기를.

"마하임!"

눈을 감은 아이달의 입에서 터져 나오는 맑은 마법 영창.

위이이이이이잉!

마법진에서 서서히 뿜어져 나오는 수많은 마나.

저마다의 특색을 소유한 마나가 소용돌이쳤다.

그리고 강혁이 앉아 있던 마법진에서도 마나가 춤을 추기 시작했다.

위대한 대마법사가 되기를 꿈꾸는 아이달의 간절한 바람을 담고서.

Chapter 04
이 죽일 놈의 사랑

21
세기
대마법사

'비행기?

눈을 뜨자 보이는 낯선 광경.

꼭 비행기 내부처럼 보이는 공간의 푹신한 좌석에 내 몸은 누여져 있었다.

거기에다가 은은히 느껴지는 엔진 소음과 가끔씩 기류를 타느라 덜컹거리는 느낌에 몽롱했던 정신이 확 깨었다.

"미스터 혁, 잘 주무셨나요?"

"헉! 누, 누구세요?"

푹신하기 그지없는 침대 같은 널따란 좌석.

정신을 차릴 틈도 없는 사이, 어느새 금발의 긴 생머리에 인상적인 엄청난 미모의 여성이 스튜어디스 복장을 한 채로 친절하게 인사를 해왔다.

"제 이름은 마르소라고 합니다."

생글생글 웃는 모양이 전지현과 비슷한 미모의 여인.

놀라는 와중에도 눈을 파고드는 늘씬한 다리.

얼굴이 화끈 달아올랐다.

"한 시간 후면 인천국제공항에 도착할 예정입니다."

"네? 인, 인천국제공항이요?"

여인의 친절 속에서 확확 귀에 꽂혀 들려오는 인천국제공항이라는 단어.

"호호, 무려 열다섯 시간 동안 주무셨습니다."

"열다섯 시간이요?"

'뭐야? 도대체 이게 어떻게 된 일이야? 내가 왜 여기에 누워 있어?'

마지막 남은 의식까지 나는 사부가 만들어놓은 거대한 마법진 위에 있었다.

그리고 머릿속을 관통하는 수많은 빛의 그림자.

뒤죽박죽 정체를 알 수 없는 것들이 머릿속에 파고들었다는 것만 생각났지, 그것이 무엇인지는 감이 잡히지 않았다.

'가만, 그런데 지금 나 불어로 말하고 있는 거야?'

영어라면 어느 정도 대화가 가능했지만 불어는 나와 거리가 멀었다.

그런데 마르소라는 여인은 분명 불어로 말하고 있었다.

거기에 아무렇지 않게 불어로 능숙하게 대답하는 나.

마치 태어날 때부터 불어를 배운 것처럼 자연스럽기 그지없었다.

"여기 미스터 혁에게 전달되어야 할 물건이 있습니다."

믿기지 않는 일들의 연속에 당황하는 나에게 내밀어진 하얀 서류 봉투.

금박으로 봉인된 서류 봉투는 가벼웠다.

'편지?'

봉인을 뜯어 봉투를 열었다.

예상대로 나타나는 편지와 백금빛의 카드 한 장.

'룬 어?'

놀랍게도 편지는 마법사들만 알 수 있는 룬 어로 의미가 만들어져 있었다.

'내가 어떻게 읽을 수 있지?'

2서클 마법을 배우는 동안 학습한 룬 어의 숫자는 약 300여 개.

점 하나에 의미가 달리지는 룬 어는 한자처럼 저마다 고유의 의미를 지니고 있었다.

사부에게 듣기로 고 서클로 올라갈수록 배워야 할 룬 어의 숫자는 무려 만 자에 달한다고 하였다.

그리고 뛰어난 머리를 소유한 나조차도 300자밖에 알지 못하거늘, 내가 과거에는 알지 못하였던 룬 어가 아무렇지도 않게 해석되었다.

'벼락이라도 맞았나?

영화에서 가끔씩 등장하는 엉뚱한 기연이라는 것.

벼락이라도 맞아 머리가 돌지 않고서야 어떻게 불어와 룬 어를 능숙하게 사용할 수 있단 말인가.

상상력을 동원하며 짐작해 보았지만 말도 안 되는 일.

고개를 돌려 사부가 쓴 것이 분명한 편지를 읽어나갔다.

사랑하는 제자 혁 보거라.

'우엑!'

첫 줄부터 느껴지는 파격적인 문장에 갑자기 오바이트가 확 쏠렸다.

너와 함께했던 석 달의 시간이 왜 이리 아쉬운지 이 사부는 너를 보내면서도 짧은 추억을 선사한 네가 너무도 그립구나.

'이 양반이 미쳤나?

거의 프러포즈에 버금가는 닭살 만땅의 구절구절.

확 찢어버리고 싶은 충동이 가슴에 사정없이 몰아쳤다.

운명의 여신 파라안님이 허락하신 인연에 의하여 너를 만난
이 사부는 정말 행복하였다. 200년이라는 세월 동안 느껴보지
못한 짜릿한 쾌감(?)의 연속. 너도 나중에 너 같은 제자를 둔다
면 확실히 알 수 있을 것이다.

'이… 변태 할방이!'

보이지도 않건만 생생이 그려지는 사악한 건달프 사부의
얼굴.

법으로도 힘으로도 어찌할 수 없는 사부를 생각하면 자다
가도 얼음 몇 덩어리는 갈아 마셔야 잠이 올 것 같았다.

혁아, 그러나 신은 우리의 영원한 사랑을 허락하지 않는구나.
너를 두고 십 년이고 이십 년이고 쓸 만한 마법사를 만들고 싶었
건만, 운명의 수레바퀴는 너와 나를 이리 갈라놓는구나.

덜덜 손이 떨렸다.

'이 순결한 숫총각 영혼에게 영원한 사랑이라니! 크아아

아! 이 변태 말미잘, 오크 사촌 같은 건달 마법사! 크아아아아아아!

저쪽에서 상큼하게 미소 짓고 있는 마르소 때문에 비명을 못 질러서 그렇지 만약 소리치면 이 비행기는 폭파되고 말 것이었다.

그 정도로 사부에 대한 적개심은 어릴 적 나를 물어 원수 사이가 된 이웃집 똥개보다 더하였다.

신 때문에 떨어지는 우리 사이, 그 피로움을 참으며 이 편지를 적는다. 혁아, 사랑하는 나의 제자야. 언제 볼지 모르는 운명의 가혹함 속에서 이 사부가 선물 몇 가지를 남겼다. 네가 지금 손에 들고 있는 카드는 한도 무제한의 세상에 하나밖에 없는 카드이다. 어느 은행에서도 이것을 제출하면 네가 원하는 만큼의 돈을 인출할 수 있을 것이다.

'혁! 한, 한도 무제한?

말로만 들었던 한도 무제한 카드. 더군다나 세상 모든 은행에서 통용된다는 말도 안 되는 카드.

'사부, 도대체 정체가 뭡니까?

돈이 많다는 것은 알고 있지만 이렇게 무식하게 많을 줄은 몰랐다.

그리고 지금 타고 가는 자가용 비행기는 너를 위하여 준비한 약소한 선물이다. 언제나 타고 갈 곳이 있다면 편히 이용하거라.

'비, 비행기까지? 헐!'

상상을 초월하는 사부의 무지막지한 선물. 갑자기 사부를 미워하고 증오하던 시베리아 벌판 같은 마음에 훈훈한 훈풍이 불어왔다.

'그래, 사부가 그렇게까지 나쁜 사람은 아닐 거야. 200년 동안 얼마나 외로웠으면 나 같은 사람을 납치해서 제자로 삼았을까. 까짓 석 달간 똥 밟은 셈치지 뭐.'

우리 집 가훈인 정직, 그러한 정직이라는 가훈 뒤로는 남이 알 수 없는 우리 집 사람들만 볼 수 있도록 128가지의 세부 규칙이 깨알같이 적혀 있었다.

오직 성인이 되어야만 볼 수 있다는 정직의 규칙.

얼마 전 부모님이 가출한 사이에 먼지나 닦을 심산으로 자랑스러운(?) 가훈을 닦다가 발견하였다.

그중 한 구절이 문득 떠올랐다.

'공짜를 마다하는 자는 자신의 진실한 마음을 배반하는 위선자다. 공짜를 보고 마다하지 않으며 공짜를 준 이를 가슴

깊이 사랑하는 자, 그자가 바로 진정 정직한 마음을 소유한 무량 강 씨의 후손이다.'

그 이외에도 여자를 황금같이 보라, 네 이웃의 것을 능력껏 탐하라, 아부는 성공을 위한 필요악이니 이를 정직(?)하게 사용하라 등등.

세상을 살아가면서 배워야 할 삶의 지혜가 정직이라는 한마디에 온통 녹아 있었다.

그리고 나는 정직한 남자였다.

씻을 수 없는 죄를 지은 사부를 용서하는 이 마음. 천사도 나를 보면 무릎 꿇고 한 수 가르침을 청할 것이다.

마지막으로 한 가지, 앞으로 무슨 일이 있더라도 이 사부를 미워하거나 원망하지 말거라. 이 모든 것은 너를 위한 사부의 갸륵한 사랑의 마음일 뿐이니 말이다.

"옛썰!"

사부가 옆에 있다면 그동안 쌓인 오해를 풀고 뜨겁게(?) 포옹해 줄 수도 있었다.

인간 강혁, 그렇게 쪼잔하지 않은 대한의 남아였다.

'다음에 만나면 재산 목록을 넘겨달라고 해야지. 하나뿐인 제자가 스승이 살아생전 남긴 유품(?)들을 관리하는 것이 뼈대있는 마법사의 전통이지. 암!

"크흐흐흐흐⋯⋯."

참으려 했지만 입술을 비집고 웃음이 줄줄 새어 나왔다.

세상에 이 나이 때 자가용 비행기를 소유하고 한도 무제한의 카드를 사용할 수 있는 남자가 어디 있단 말인가.

'드디어 내 꿈이 이루어지는구나! 파라다이스, 영원한 나의 로망!'

어릴 적 신화 속에 나오는 파라다이스 이상향이 나의 꿈이었다.

배부르고 등 따시고 사랑하는 이들과(?) 함께하는 무릉도원의 삶.

돈만 있다면 이 시대에 불가능한 것은 아무것도 없었다.

그리고 운명의 여신이라는 이계의 여신 파라안이 내 편이라는 느낌이 강하게 들었다.

'언제 소주라도 한잔 올려야지. 크크.'

스승님의 마지막 사랑을 영혼 깊이 각인하며 나는 편안하게 좌석에 누웠다.

"레이디 마르소."

"네, 미스터 혁."

나의 부름에 활짝 핀 금잔화 같은 미소를 지으며 다가서는 금발의 미인.

나도 모르게 꿀꺽 마른침이 넘어갔다.

"하하! 알고 보니 이 비행기가 제 것이었군요. 그런데 기종이 뭡니까? 제법 큰 것이 쓸 만해 보입니다."

쓸 만한 정도가 아니었다. 무슨 가죽으로 만들었는지는 몰라도 엄청나게 부드러운 촉감을 제공하는 갈색 톤의 좌석과 최첨단 설비와 고급스러운 인테리어가 곳곳에 눈에 띄는 비행기 내부.

저 멀리 대형 소파들과 술을 마실 수 있는 바 같은 것도 눈에 띄는 것이 작지는 않을 것 같았다.

"에어버스 사에서 특별기로 생산한 A380입니다."

생긋 웃으며 아무렇지도 않게 항공기 명을 읊어대는 마르소.

"컥! 캑캑!"

마르소가 오면서 건네준 차가운 생과일주스가 목에 그대로 걸렸다.

'A, A380! 최대 800명까지 태울 수 있다는 그 공포의 점보 여객기?'

대당 가격이 4,000억 원이라는, 인간이 만들어낸 희대의 운송 수단.

나는 입을 벌리고 멍하니 사부를 생각했다.

'사, 사부!'

가슴팍을 꽉 뚫고 들어오는 이 죽일 놈의 사랑.

나도 모르게 어느새 사부를 진심으로 사랑하는 것 같았다.

"A380이 갑자기 착륙하다니? 우리 공항에는 정식 취항한 적이 없는데 어디 항공사야?"

"몰라. 정식 취항한 것이 아니라 자가용이래."

"뭐, 뭐야? A380을 자가용으로?"

대한민국의 관문인 인천국제공항 관제탑과 내부 직원들은 갑자기 날아온 A380 때문에 한바탕 소동을 겪어야 했다.

얼마 전 인천공항에도 시범 비행으로 한 번 착륙한 적이 있는 에어버스 사의 차세대 여객기.

최대 승객 800명 이상을 태우고 논스톱으로 전 세계를 운행할 수 있는 움직이는 5성 호텔이라 불리는 여객기가 지금 예정도 없이 착륙하고 있었다.

그런데 통보된 내용은 자가용 목적.

대통령이나 외국 원수, 헌법재판소장 등등 고위 공직자들만 사용할 수 있는 공항 귀빈 통로가 사전 예약되었다.

"왔다!"

쿠르르르르르르르르르.

귀빈실을 담당하는 공항공사 의전 팀 여직원 10여 명은 9번 통로로 이동해 오는 거대한 동체의 비행기에 바짝 긴장하였다.

4,000억짜리 자가용을 타고 의전을 받으며 도착하는 인물이 누구인지 정말 궁금했던 것이다.

뚜벅뚜벅.

그리고 비행기가 계류가 되고 정체를 알 수 없는 발걸음이 조금씩 울려 퍼졌다.

발걸음이 가까워지자 꽃단장을 한 의전 팀 여직원들은 호기심 어린 눈동자로 천천히 모습을 드러내는 한 남자를 볼 수 있었다.

"앗!"

"어머!"

누구라 할 것 없이 결례인 줄 알면서도 여직원들 입에서 터져 나온 나직한 비명.

"하하! 안녕들 하십니까!"

아랍의 돈이 썩어나는 왕족이거나 최소 유명 외국 연예인을 상상했던 의전 팀 직원들은 유창한 한국말을 뱉어내는 건장한 청년, 아니, 아직 어린 티가 나는 학생을 보는 순간 몸이 얼어붙는 것을 느꼈다.

대한민국 그 어떤 부자도 이용하지 못하는 개인용 거대 여객기 A380. 그 여객기를 타고 이제 얼굴이 보기 좋게 그을린 고등학생 하나가 내리고 있었다.

"어, 어서 오십시오."

손을 들고 뭐가 그리 좋은지 함박웃음을 짓고 있는 학생을 향해 상담 매뉴얼대로 고개를 살포시 숙이는 의전 직원들.

그런 그들의 머리 위로 남학생의 당황한 목소리가 큼지막하게 울려왔다.

"여, 여권 검사는 어디에서 합니까?"

귀빈실 이용 방법도 모르는 듯 머리를 긁적이는 어리버리한 고등학생.

고개를 숙인 직원들의 얼굴은 당혹함으로 살포시 굳어버렸다.

촤라라라라라라라락.

'저, 정말이었어!'

치밀하게 여권도 재발급받아 무사히 한국 땅에 올 수 있게 만들어준 건달프 사부.

난생처음 본 화려하고 품격있는 의전실에서 나왔지만 나는 정작 네 발 달린 자가용이 없었다.

그렇기에 밖에까지 따라온 의전 팀 직원들에게 물어 현금 지급기 앞으로 향했다.

그리고 뽑기 시작한 현금.

'저 0이 그 0이었어?'

카드의 비밀번호는 단순한 사부답게 1111, 그리고 카드를 넣자마자 보이는 0이라는 끝없는 숫자.

처음에는 돈이 하나도 없는 뺑 카드인 줄 알았다.

그러나 현금을 찾자 아무렇지도 않게 줄줄줄 나오는 백여 개의 만 원짜리 지폐.

난생처음 쥐어보는 목돈에 나의 입은 닫히지 않았다.

'크크크크크크크크크! 크하하하하!'

생각했던 현실이 이루어지자 심장이 터질 듯 미칠 것 같았다.

마르소가 준비해 준 명품 청바지와 하얀 남방, 그에 걸맞은 선글라스와 여러 가지 소품.

말로만 듣던 럭셔리 삶이 이런 것임을 피부로 생생히 맛볼 수 있었다.

'가자! 집으로!'

바뀐 계절은 어느새 여름의 끝자락.

시원한 에어컨 바람을 맞으며 나는 걸음도 당당하게 공항 밖으로 향했다.

그리고 눈부시게 들어오는 8월의 햇살.

고생 끝, 행복 시작을 알리는 희망의 광명이 힘차게 나를 비추고 있었다.

'설마 죽었다고 호적 판 것은 아니겠지?'

리무진 택시를 타고 도착한 나의 집.

사파리 육성 시뮬레이션 게임으로 아들을 키우는 부모님이 내가 없는 동안 어찌 지냈을지 궁금하였다.

둘도 아니고 달랑 하나뿐인 아들이 없어졌다고 그분들이 체코까지 날아와 울고불고 했을지, 아니면 내가 살아서 돌아올 것을 믿고 집에서 평안한 일상을 보내고 있을지 정말 궁금하였다.

'흠······.'

잘나가는 아버지와 어머니 덕분에 강남에서 제법 괜찮은 축에 드는 아파트에 살고 있었다.

707호.

지금 시각은 토요일 오후 5시. 부모님이 계실 시간이었다.

딩동.

심호흡을 하고 초인종을 눌렀다.

그러나 아무런 기척이 들리지 않았다.

'어디 가셨나?'

아들이 없다고 생활을 내팽개치실 부모님은 아니었다.

'열쇠도 없는데.'

전자 도어와 함께 설치된 집 안의 이중 키.

"누구세요?"

그때 익숙하지만 힘이 실려 있지 않은 엄마의 목소리가 안에서 들려왔다.

'엄마······.'

갑자기 가슴 한편이 찡해졌다.

잘 먹고 잘 자고 잘 싸고 무럭무럭 자랐던 나. 수학여행을 갔다 잃어버린 이 아들을 위하여 얼마나 힘든 시간을 보냈을지 들리는 목소리에서 짐작되었다.

"누구십니까?"

어머니에 이어서 묵직한 아버지의 목소리가 들려왔다.

'현관 비디오로 다 보일 텐데 왜 그러시나?'

"헉!"

그리고 이내 나의 예상대로 현관 비디오 창으로 나를 확인하신 엄마의 격한 놀람이 스피커에서 들려왔다.

"다녀왔습니다!"

학교에서 돌아올 때 뱉는, 언제나 씩씩한 목소리로 내가 왔음을 외쳤다.

딸깍.

문이 열렸다.

"하하! 아버지! 어머니! 이 아들이 돌아왔습니다!"

혹시라도 걱정하실 부모님을 생각하여 아무렇지도 않게
안으로 들어섰다.

"……."

입구에 우두커니 부모님이 서 있었다.

믿기지 않는 얼굴로 들어서는 나를 멍하니 바라보는 부모
님.

'쳇, 왜 이렇게 늙으신 거야?'

몇 달 못 보는 사이에 눈가에 몇 줄 는 어머니의 주름과 새
치인지 흰머리인지 눈에 확연히 보이는 아버지의 머리카락.

가슴이 아려오며 눈동자에서 뜨거운 무언가가 울컥 치솟
으려 하였다.

"아들, 늦었네? 호호! 수학여행은 즐거웠어?"

"네? 네에! 아주아주 유익한 여행이었습니다."

아무렇지도 않게 평소처럼 아들이라 부르며 반겨주는 어
머니.

슥슥.

엄마는 자신보다 한참 큰 내 머리카락을 슥슥 손으로 헝클
어뜨렸다.

"못 보는 사이에 많이 컸네? 그동안 뭐 하느라 연락도 없었
어?"

수학여행 중에 실종된 것을 아실 분들이건만 멀리 놀러 갔

다 온 것처럼 대하셨다.

"헤헤, 오랜만에 가출 한번 해봤습니다. 수학여행 아니면 언제 제가 유럽 여행을 해보겠습니까."

"가, 가출?"

차마 미친 대마법사 건달프 사부 밑에서 마법을 배웠다는 사실을 말할 수는 없었다.

사실대로 말한다면 아마 정신병원에 보낼지도 몰랐다.

"농담입니다. 황금소로에서 이상한 할아버지가 준 음료수를 마셨는데 눈을 떠보니까 유럽의 어느 시골 마을이더라고요. 거기서 성격 안 좋은 납치범 할아버지 밑에서 일 좀 도와주다 왔습니다."

"음, 그랬구나. 역시 아버지가 강하게 키운 보람이 있구나."

고개를 끄덕이며 자신 덕분이라 말하시는 아버지.

"뭐, 그… 그렇지요."

아버지 말도 일리가 있었다.

자식 강하게 만들기 101가지 비법을 실천하신 부모님이 아니었다면 건달프 사부 밑에서 진작 자살했을지도 몰랐다.

"아들, 고마워. 돌아와 줘서."

살포시 엄마가 나를 안았다. 아니, 내 품에 안겨 눈물을 또르르 흘리시는 엄마.

'아, 찡하네.'

가슴이 아릿한 것이, 사나이 피 같은 눈물이 흘러내릴 것만 같았다.

품에 안긴 엄마가 귓가에 들려주는 한마디만 아니었더라면, 분명 나는 엄마 품에 오랜만에 안겨 펑펑 울었을 것이다.

"혹시 엄마 선물 안 사온 것은 아니지?"

"……."

따스하고 가슴 찡한 가족 간의 해후.

갑자기 에어컨보다 더 차가운 냉매가 가슴을 휑하니 쓸고 지나갔다.

"오! 선글라스 좋은데? 이거 페라가모 아니야?"

"어머, 정말 그러네? 역시 우리 아들이야. 아무리 바빠도 선물은 잊지 않는다니까. 호호!"

"하하! 이게 다 자식을 엄하게 키운 보람이 아니겠소."

잠시간의 진한 만남은 그렇게 끝이 났다.

어느새 마르소가 안겨준 내 선물 보따리는 아버지와 엄마 손에서 착실히 분배되어 갔다.

'쩝…….'

그리고 나는 석 달 만에 집에 돌아올 수 있었다.

천하의 벼락부자도 부럽지 않은 얼치기 떼부자 마법사가

되어서.

"룰루, 루루루……."

학교에 등교하는 기분이 이렇게 좋을 줄은 꿈에도 몰랐다.

건달프 사부 때문에 세상 소중한 것들이 참으로 많아졌다.

끼이익.

"다녀오십시오, 도련님."

"김 기사님, 학원 시간 늦지 않게 와주세요."

대한민국 최고의 사립 명문 고등학교 대한.

독립문을 따서 만든 거대한 교문 앞에는 오늘도 잘나가시
는 자제 분들이 차를 타고 내리기에 바빴다.

'자식들, 걷는 게 얼마나 행복한 운동인데 잡스럽게 자가
용이나 타고 다녀.'

세계에서 가장 큰 자가용을 소유한 나였기에 예전에는 제
법 부러웠던 자가용 등교가 전혀 느낌이 오지 않았다.

'오! 드디어 돌아왔다! 학교여! 이 강혁이 왔노라!'

개선장군처럼 두 팔을 벌리며 교문을 통과했다.

아침잠 많은 나에게 학교는 한때 인내의 시험장이었다.

"어머! 쟤, 개 아냐?"

"맞아. 학교 신문에 났던 1학년 개 맞네."

"수업 시간에 왕 선생님이 그러셨잖아. 정신 줄 놓은 자기

반 학생이 지금쯤 집시에게 끌려 다니면서 유럽에서 앵벌이
하고 있을지 모른다고 하던데……."

"세상에!"

마나를 축적하면서 예민해진 귓가로 들려오는 뭇 여인들
의 속삭임. 팔을 든 자세 그대로 몸이 굳어버렸다.

'비, 빌어먹을! 집시? 앵벌이?'

집에 도착하고 뜨거우면서도 냉정했던 가족과의 해후 다
음날, 부모님과 학교를 찾아갔다.

그리고 내가 부모님께 말했던 사실을 왕 선생님을 비롯해
급히 도착한 교장선생님께 알렸다.

이상한 할아버지가 준 공짜 음료수를 먹고 끌려 다녔다는
처절하고 슬픈 이야기.

그런데 어느새 나의 인생 역경의 고난사가 앵벌이로 전락
하고 말았다.

'추잡스럽게 앵벌이가 뭐야! 콱!'

당시 현장에서 살아 돌아와 줘서 고맙다고 눈물까지 흘렸
던 가증스러운 담임선생님.

각박한 현실 속에서도 아직 사제의 정은 살아 있다 생각하
니 가슴이 찡했었다.

그런데 돌아온 것은 배신.

'왕 선생님, 당신이 내 가슴에 비수를 꽂다니.'

서른다섯 살 노처녀 영어 선생 왕선녀.

시집가지 못한 노처녀의 한을 시도 때도 없이 입으로 푼다 하여 공포의 백설공주라 불리는 여선생.

백만 인이 설설 기는 공포의 주둥아리가 나를 비참하고 초라한 앵벌이 소년으로 만들어 버렸다.

'가만두지 않겠어. 이 복수를 언젠가는……'

이글거리는 마음으로 비수를 품었다.

입을 함부로 연 죄, 더하여 없는 사실을 유포한 허위 사실 유포 죄.

마법 천재 강혁의 활화산 같은 분노를 피똥 싸며 느끼게 만들어줄 것이다.

'어, 그런데 피똥 싸게 만드는 마법 시약의 공식이 왜 머리에 떠오르지?'

건달프 사부의 압제에서 해방되어 돌아온 집.

밤이면 밤마다 꿈속에서 나는 미치도록 마법을 수련하였다.

배우지도 않은 룬 어들과 마법 공식, 수많은 기초 마법 이론과 연금술, 고 서클 공식 등등.

무얼 하나 생각하면 연상 작용으로 공식이나 마법이 떠올랐다.

'몸이 허해서 그래. 백 년 묵은 산삼 좀 달여 먹어야겠어.'

넘쳐 나는 돈.

쓸 곳은 무궁무진하였다.

"강혁?"

복수를 다짐하며 교실로 발걸음을 옮기고 있을 때 들려오는 감미롭고 부드러운 목소리.

자연스럽게 내 이름을 불러주는 이에게 고개가 돌려졌다.

'서, 서예린!'

남색 체크무늬의 교복 치마 위로 보이는 한 송이 백합 꽃.

하얀 블라우스에 작게 달린 푸른 리본 넥타이가 보였다.

그리고 블라우스보다 더 창백해 보이는 그녀의 고운 피부가 이른 아침의 태양에 눈부시게 꽃을 피우고 있었다.

"사, 살아온 거야?"

눈으로 보고 있음에도 내가 죽은 유령으로 보이는지 확인을 하는 서예린.

"당근이지. 잠시 무전취식으로 유럽 여행 좀 하고 왔지."

가슴을 당당하게 펴고 예린이 앞에서 태연히 여행을 했다고 구라를 깠다.

"다행이야……."

고개를 끄덕이며 기쁨의 눈동자를 보이는 서예린.

'헐? 지금 나 걱정해 주는 거야?'

부모님도 저렇게까지 나를 아끼는 눈빛으로 본 적이 없었다.

그런 귀한 선물을 아침부터 선사해 주는 천사 서예린.

날개만 달면 바로 하늘을 날 수 있을 것이다.

"들어가자. 중현이가 혁이를 무척 기다리고 있어."

"어? 어, 그래. 들어가야지. 자식, 이 형님을 그렇게 사모하고 있다니. 큼, 그래서 사람은 있을 때 잘해야 하는 것이야."

생긋 미소 짓는 예린과 함께 교정을 걸어 교실로 향했다.

"저, 혁아……."

그때, 조심스럽게 나를 부르는 천사의 목소리.

'크으, 애간장을 팍팍 태우는구나.'

"왜?"

따스한 시선으로 눈동자를 반짝이는 예린이의 붉은 입술을 바라보았다.

저 섹시하고 귀여운 입술로 또 어떤 기쁨을 선사할지 한없는 기대를 담고서.

"앵벌이… 할 만했어?"

"컥!"

예린이의 결정타 한 방.

격한 신음이 목젖을 사정없이 울렸다.

'와, 왕 선생! 가만두지 않겠어!'

그리고 복수의 씨앗은 잭과 콩나물(?)처럼 무럭무럭 자라 하늘을 향해 자라났다.

"혁, 혁아!"

들어서는 나를 보고 자리에서 벌떡 일어나 변강쇠가 옹녀를 부르듯 힘차게 내 이름을 부르는 중현이.

동시에 교실에 있던 모든 아이들의 시선이 나에게 향하였다.

"하이, 에브리원!"

유럽 앵벌이라는 몹쓸 소문이 돌았지만 나 자신은 떳떳하였다.

'자식들, 놀라기는.'

예전에도 기죽지 않는 나만의 삶을 살아온 나였기에 놀람과 당황의 시선을 보내는 아이들 앞에서도 씩 웃음을 지을 수 있었다.

"클클, 집시에게 끌려 다니며 앵벌이를 한다는 소문이 파다했는데 용케 살아서 돌아왔군."

'어라? 저것 봐라?'

삐딱한 자세로 의자에 앉아 나를 열렬히 주둥이로 환영해 주는 한 놈. 제 할아비 잘난 맛에 사는 왕재수 황성택이었다.

"하하! 소문은 소문일 뿐이지. 그런 말도 안 되는 헛소문을 믿는 놈이 바보 아냐?"

경직된 웃음을 터뜨리며 아이들에게 동의를 구했다.

그러나 누구 하나 내 말에 고개를 끄덕이는 이는 없었다.

하다못해 나와 피 같은 호빵을 나눠 먹을 정도로 절친한 친구인 중현이조차 내 눈길을 피해 버렸다.

'요것들 봐라? 파이어 볼 마법 한번 보여줘?'

거두절미하고 마법 한 방이면 해결될 오해 상황.

하지만 왠지 하기 싫었다.

예전과 달리 넉넉해진 주머니. 그 주머니의 크기에 따라 내 마음도 우주로 확장하고 있었다.

"병신 새끼, 네놈 때문에 마지막 날까지 호텔에 처박혀 있었던 우리에게 어떻게 보상할래? 멍청하면 차 속에서 잠이나 퍼 잘 것이지 돈도 없는 놈이 무슨 구경은 구경이야?"

화르르! 내장을 활활 태우는 황성택의 2차 공격.

파르르 떨리는 입가에 뜨거운 미소가 지어졌다.

"그 점은 미안하게 생각한다. 그런데 딱 한 놈에게는 전혀 그런 마음이 없다."

나 때문에 망쳤을 수학여행에 대해서는 미안한 마음이 들었다. 고의는 아니었지만 결과적으로 아이들에게 피해를 끼쳤을 것은 분명했다.

하지만 딱 한 놈, 아니, 그놈 주변에 충성스러운 똥개 자세를 취하고 있는 두 놈을 포함한 세 놈에게는 전혀 미안한 맘

이 생기지 않았다.

"황성택, 하늘 조심해라. 길 가다 날벼락 맞지 말고."

"날벼락? 푸하하하! 고작 한다는 협박이 벼락이냐? 유치한 새끼."

날벼락에 대한 뜨거운 고찰을 해보지 못한 황성택.

'넌 뒈졌어! 씨방새.'

날벼락을 생각하자 3서클 공격 마법의 최후 버전인 라이트 닝 마법 공식이 자연스럽게 그려졌다.

그리고 날벼락으로 놈에 대한 나의 진심 어린 수학여행 선 물을 선사하기로 굳게 마음먹었다.

"호호! 혁아, 아이들과 인사하고 있었어?"

황성택과의 살벌한 대화 때문에 조용해진 교실에 울리는 듣기 거북한 여인의 웃음.

'왕선녀 선생님!'

열린 교실 문을 통해 들어오던 화장으로 변장을 한 노처녀 왕 선생. 나를 일개 앵벌이로 전락시킨 왕 선생은 가식적인 미소를 지으며 친한 척 제스처를 취하였다.

"인사는 다 했습니다. 자리에 가서 앉겠습니다."

굳이 그 말에 더 대꾸할 필요가 없었다.

'음? 그렇군. 힘을 조절해서 포이즌 마법을 사용하면 피똥 을 쌀 수 있겠군.'

자리로 걸어가며 부수적으로 생각나는 피똥을 싸게 만드는 스물한 가지 방법.

왜 내 머릿속에 저장되어 있는지는 모르겠지만 상당히 유용한 지식들임에는 분명했다.

Chapter 05
예린이와의 데이트

"두 곡선… $y=x^2-3x$와 $y=-x^2+x$로 둘러싸인 도형의 넓이는 얼마일까?"

　'3분의 8. 어라? 언제부터 다항 함수의 적분법이 저리 쉬웠지?'

　국내 최고의 고등학교답게 1학년 때부터 수학 2에 나오는 문제를 수업 시간에 배워야 했다.

　평소 수학 문제가 어렵지는 않았지만 머릿속에 따다닥 그려지는 공식과 답은 1초 만에 해답을 찾았다.

　'내가 이렇게 똑똑했나?'

아무리 천재라 하더라도 1초에 다항 함수의 적분법 문제를 풀 수는 없을 것이다.

'도대체 내 머릿속에 뭐가 들어 있는 거야?'

수학 시간뿐만이 아니었다. 원어로 진행하는 영어 수업이나 상당한 깊이까지 파고드는 물리 시간, 그 모든 시간에 나는 내 자신의 똑똑함을 발견하고 놀라야 했다.

영어 선생님인 찌빠의 발음이 미국 백인들이 사용하는 어투가 아닌 혹인 특유의 발음이라는 것도 알 수 있었고, 교과서의 물리 공식 중에서 크나큰 오류가 존재하는 몇몇 문제점을 발견하기도 했다.

거기에 이은 수학 시간.

볼펜을 움직이며 열심히 풀어나가는 아이들과 달리 나는 1초 암산으로 답을 만들어내었다.

답을 끝내고 문제를 풀고 있는 아이들을 사랑스러운 시선으로 보고 계시는 선생님이 눈에 들어왔다.

'예쁘신 선생님. 흐흐흐.'

남자의 로망 중 하나가 아름다운 여선생님과의 이룰 수 없는 로맨스라 했던가.

교내 제일, 아니, 국내 제일의 연예인 급 미모를 소유한 이지혜 수학 선생님.

언제나 즐겨 입는 치마 정장 위에 하늘색 블라우스는 보는 이를 시원하게 만들어주었다.

거기에 분필을 들고 있는 가느다란 손가락과 도드라진 하얀 목선은 이지적인 얼굴과 너무나 잘 어울렸다.

'캬아, 내가 3년만 늙었어도.'

대학생만 되었어도 한 번쯤 목숨 걸고 도전해 볼 가치가 이지혜 선생님에게는 충분히 넘쳤다.

"혁아, 진도 따라올 만하니?"

선생님을 바라보며 흐뭇한 상상을 즐기고 있을 때, 눈앞에 다가온 이지혜 선생님의 걱정스런 물음.

"그럼요! 선생님의 자상한 가르침을 듣다 보면 모든 문제가 문제가 아닙니다. 하하!"

"호호! 혁이가 수학여행 가서 힘들게 고생했다는 소문이 있던데 그 말 다 거짓말이네."

하얀 웃음을 짓는 순간 드러나는 환한 백색 치아.

선생님이 다가오는 순간 묘한 여인의 향기가 영혼에 불을 질렀다.

"젊어서 고생은 사서도 한다는 명언도 있지 않습니까. 이번 유럽 여행은 저에게 많은 교훈과 선물을 안겨준 알찬 시간이었습니다."

"교훈과 선물? 그래, 힘든 시간 속에서도 다 배울 점이 있는 법이지. 우리 혁이가 안 보는 사이 많이 컸네."

사락사락.

대견한 제자를 발견한 기쁨에 머리칼을 가느다란 손길로 쓰다듬어 주는 이지혜 선생님.

나중에 TV는 사랑을 싣고라는 방송에 출연한다면 꼭 이지혜 선생님을 찾을 것이라 생각했다.

'그런데 저 새끼, 눈은 왜 저리 부라려?'

이지혜 선생님의 영혼을 평안하게 해주는 따스한 손길을 즐기고 있을 때, 황성택과 그의 똘마니들은 뭐가 못마땅한지 나를 노려보고 있었다.

'매직 애로우로 옥수수를 타작해 버릴까 보다!'

하지만 아직은 때가 아니었다.

조금 더, 내가 3서클에 이른 뒤에 평생 잊지 못할 19금 뜨거운 맛을 보여줄 참이었다.

때르르르르릉!

'벌써 끝나 버렸네.'

4교시를 마치는 종이 요란하게 교실을 울리자 이지혜 선생님은 교탁으로 돌아가셨다.

"차렷! 경례!"

"감사합니다."

"그래, 밥들 맛있게 먹어."

마지막까지 사랑스러운 웃음을 남기시며 출석부와 교재를

연약한 두 팔로 안고 가시는 선생님.

아쉬운 연정은 그걸로 끝이었다.

"중현아, 가자!"

"웅!"

타다닥!

언제나처럼 부리나케 교실을 빠져나갔다.

최고의 시설을 갖춘 대한고등학교의 급식실이지만 늦는다면 줄을 서야만 했다.

'헤이스트 마법 공식이 뭐였더라?'

급식실을 향해 달리는 와중에 헤이스트 마법이 생각났고, 생각이 나자 자연스럽게 마법 수식이 생각났다.

'마나! 서클을 어서 늘려야 해!'

꿈틀거리는 마법 지식들, 아직 부족한 서클과 마나가 원수처럼 느껴졌다.

"아버지, 어머니, 올해는 해외여행 안 가세요?"

"여행? 가고야 싶지만… 요즘 주가가 요동을 쳐서 말이다."

"아쉬워요. 하필 안식년 때 주식 시장이 그런지 모르겠어요."

어머니가 끓여주시는 매콤하고 시원한 김치찌개를 먹으며

넌지시 해외여행에 대하여 물었다.

'부모님이 사라지셔야만 마음 놓고 마법 수련을 할 텐데.'

뒤죽박죽 튀어나오는 수많은 마법적 지식에 마음이 급했다.

그러나 언제나 건전한 컴퓨터 이용을 확인하시러 불쑥불쑥 방문을 열고 들어오시는 부모님 때문에 마법 수련을 할 수가 없었다.

"여보, 이제 펀드 매니저 그만 하세요. 여태 벌 만큼 벌었고, 저 또한 안정적인 수입이 있는 상태이니 머리 아픈 일 잠시 그만두고 딴 일을 한번 알아보세요."

자식한테는 칼같이 정확하신 어머니지만 아버지에게만큼은 한없이 착한 아내이자 친구인 어머니.

"그러고야 싶지만… 아직 혁이 대학도 보내야 하고……."

"아, 아버지! 하하! 킬리만자로 표범은 어느새 다 자랐답니다. 이제 제 걱정일랑 마시고 두 분 인생을 즐기십시오. 이런 말도 있지 않습니까. 열심히 새끼 키운 당신, 중년을 즐겨라~!'

"그럼 그럴까? 일 년 동안 그래프만 봤더니 몸도 마음도 지쳐 가던 참인데."

나만큼이나 먹고 놀기를 좋아하시는 아버지.

어머니와 나의 선동에 귀가 솔깃해지셨다.

"그럼 이번 여행은 어디로 갈까요? 작년에는 미주를 돌아봤으니까……."

부창부수라 아버지의 말이 떨어지기가 무섭게 어머니는 여행 계획을 짜셨다.

'오~ 예!'

속으로 터지는 환상의 탄성!

여기서 쐐기를 박아야 했다.

"6개월짜리 크루즈 여행은 어떠세요? 유럽과 아프리카를 비롯한 전 세계를 유람하는 초호화 7성급 크루즈 선이 이번에 부산항에 입항한다고 합니다. 이왕 여행하시는 것, 평생 기억에 남을 추억을 남기셔야죠. 특히 아직도 20대 신혼부부같이 젊음과 사랑을 유지하시는 아버님과 어머님께 이 아들이 적극 추천해 드리는 바입니다."

보내려면 멀리, 그것도 마음대로 돌아올 수 없는 장시간의 크루즈 여행이 제격이었다.

"어머! 그러고 보니 크루즈 여행이 있었네?"

어머니는 일단 찬성의 표정을 지으셨다.

"하, 하지만 듣기로 일인당 경비가 수천만 원은 넘는다고 하던데… 우리 사정에 너무 무리 아냐?"

솔깃하지만 노후 자금 때문에 걱정하시는 불쌍한 중년의 숫사자 가장.

"가십시오! 이 아들이 보내 드리겠습니다!"

"뭐? 혁이 네가?"

말이 떨어지기가 무섭게 놀라 묻는 부모님.

두 분은 모르고 계셨다.

세상에 한 장뿐인 한도 무제한의 카드를 소유한 황제 급 재벌이 당신 아들이라는 것을 말이다.

"여기 티켓이 있습니다. 두 분 이름으로 언제나 넓은 바다가 한눈에 보이는 스위트룸으로 예약해 두었습니다. 출발일자는 다음 주 월요일입니다."

스윽 금박 처리가 되어 있는 티켓이 들어 있는 봉투를 내밀었다.

"너······."

나를 보며 당황함을 넘어 심각한 표정을 짓고 계시는 부모님.

"혁아······."

조용한 아버지의 부름.

'잘 넘어가야 할 텐데.'

아버지의 부름이 심상치 않았다. 사실 그렇지 않은가. 어떤 부모가 고삐리 자식이 내미는 수천만 원짜리, 아니, 일 억짜리 여행 상품을 쉽게 받아들이겠는가.

꿀꺽 마른침이 넘어갔다.

돈이 어디서 났냐고 사실대로 말하라고 한다면 나는 할 말이 없었다. 차원 이동해 온 미친 건달프 마법사가 제자로 삼아주고 그 대가로 엄청난 부를 선물했다고 어찌 말하겠는가.

하지만 다음 순간 들려오는 아버지의 한마디.

"용돈은 없냐?"

'아버지……'

긴 한숨을 내쉬며 정직이라는 이름을 달고 떡하니 거실 벽을 장식한 가훈을 내려다보았다.

정직에 대한 가훈 부칙 중 어느 한 구절.

'뜯을 때 확실히 뜯어라. 그리고 주는 자에게 지극히 감사하라. 그것이야말로 진정 정직한 마음 중의 하나이다.'

그리고 우리 부모님은 너무나 정직하셨다.

하나뿐인 이 아들에게도 말이다.

"로또겠지?"

"유럽에서 앵벌이했으니까 슈퍼볼 뭐 그런 종류 아니겠어요?"

"역시 우리 아들이야!"

"호호! 혁아, 넉넉히 좀 부탁한다."

어찌 저런 상상을 하실 수 있는지.

건달프 사부를 만나도 전혀 위축되지 않을 것 같은 두 분.

어느새 내가 건네준 티켓을 확인하며 기쁨의 탄성을 터뜨리기에 바쁘셨다.

'고마워요, 마르소 누님.'

나 하나 때문에 한국에 머물고 있는 마르소 누님을 비롯한 항공기 승무원들.

비행기에서 내릴 때 명함 한 장을 주었다.

언제나 필요한 것이 있으면 전화 달라고 말이다.

'매지션그룹? 이름 한번 사부님답군.'

아무리 사부님이라 할지라도 법으로 돌아가는 세상에 적응하지 않을 수 없었고, 도대체 얼마나 될지도 모르는 재산을 매지션그룹이라는 회사 이름으로 조세 회피처인 무슨 군도라는 은행 곳곳에 짱박아두고 있다고 하셨다.

그리고 오늘 부모님이 무사히 유람선을 타셨다고 마르소 누님에게서 연락이 왔다.

알고 봤더니 지금 부산에 입항한 세계 최대 호화 유람선 또한 사부님의 넘쳐 나는 재산의 극히 일부에 불과했던 것이다.

'석 달과 바꾼 내 인생. 크크크. 완전 영화 제목이 따로 없군.'

군대 다녀온 셈치면 되는 3개월의 시간.

나는 세상에 단둘뿐인 마법사 중 한 명이 되었고, 그 누구도 소유하지 못한 대부호가 되었다.

'파라다이스! 그 원대한 목표를 위하여!'

꿈은 언젠가 이루어지라고 존재하는 것.

나는 나만의 꿈을 꾸었다.

중세 시대의 왕처럼 무소불위의 권력을 휘두르며 사랑하는 여인과 함께하는 나만의 왕국.

반드시 이뤄야 할 내 꿈이었다.

"슬슬 움직여 볼까."

건달프 사부와 떨어져 지냈지만 단 하루도 마나 연공을 쉬지 않았다.

이왕 마법사가 된 것, 사부 이상의 대마법사가 될 것이다.

'깨달음…… 3서클의 벽을 깰 수 있는 깨달음이 뭘까?'

거실 중앙에 가부좌를 틀고 3서클 마법에 대하여 명상에 잠겼다.

3서클에 이르러야 마법사라 불리며 다양하고 위력적인 공격 마법 및 일상생활에 유용한 상태 마법 등을 사용할 수 있는 경지.

3서클을 생각하자 자연스럽게 3서클에 관한 모든 공식이 떠올랐다.

'먼저 서클을 이루자!'

능력이 없는 자에게 주어지는 돈은 독약과 같은 것. 서클을

이루지 못한 마법사에게 주어지는 마법 공식 또한 다를 바 없
었다.

거짓이 아닌 실존하는 현실의 마법.

나는 꿈속의 마법사가 아닌 진정한 마법사가 될 것이다.

'쩝, 괜히 보냈나?'

말 나오기가 무섭게 다음날 사표를 내고 여행 준비를 마치
신 부모님. 아들에게 잘 있으라는 말도 없이 유람선을 타고
여행을 가버리셨다.

그리고 시간은 벌써 일주일이 흘러갔다.

'엄마가 해주시는 밥이 먹고 싶다. 흑흑.'

마법도 좋지만 나에게는 밥도 중요했다.

며칠 동안은 어머니가 해놓으신 밑반찬으로 그럭저럭 버
틸 만하였다. 그러나 슬슬 밑반찬이 질려가고 따스한 국물에
밥을 먹고 싶어졌다.

'그런데 이 팔찌는 왜 안 빠져?'

사부님의 낚싯밥이었던 은빛 팔찌.

'시간과 시간, 공간과 공간의 연결자?'

겉으로 드러난 고대 룬 어는 그런 문구였다.

'시간은 시간이고 공간은 공간이지 왜 내 팔에 기생하냐
고!'

사부가 남기신 불길한 물건이기에 톱으로 잘라보고 비누칠을 해서 빼보려 했지만 몸의 일부가 된 듯 꿈쩍도 안 하는 은빛 팔찌.

은근히 신경 쓰게 만들었다.

'설마 무슨 일이야 있겠어? 일개 팔찌 주제에.'

팔찌를 바라보면 무언가 떠오르는 형상이 있었다. 그러나 지금 내 수준으로는 이해하기 힘든 형상들이었기에 애써 무시하였다.

'쳇! 토요일인데 갈 곳도 없고, 중현이 이놈은 부모님과 여행을 가버리다니!'

주 5일 근무를 확실히 하는 대한고등학교 선생님들.

그 덕분에 나 또한 토요일은 일요일과 마찬가지로 휴일이었다.

하지만 문제는 마법 공부 말고는 할 것이 없다는 것과, 어느새 2서클에 관련된 대부분의 지식을 흡수했다는 것.

서클이 확장되지 않는 한 서클에 가득 찬 마나 때문에 더 마나를 흡수할 수도 없었다.

'전화 한번 해봐?'

어제였다.

9월이건만 갑자기 오후에 폭우가 쏟아졌다.

아침에 우산을 준비하거나 다른 아이들처럼 기사가 밖에

서 대기하는 것도 아니기에 멍하니 내리는 빗줄기를 바라보았다.

토독토독 운동장 위로 떨어지는 빗줄기.

예전에 미처 알지 못했던 사실들이 보였다.

보잘것없던 빗줄기가 품고 있는 맑고 순수한 기운.

엄청난 스케일의 오케스트라가 연주하는 듯 빗방울은 마나를 연주하였다.

토독, 토독, 토도독.

떨어지는 빗방울을 보고 있자니 내 안의 마나도 기뻐하며 춤을 추었던 것이다.

그때, 그녀가 나타났다.

"시원하지? 난 비가 좋아."

내 곁에 서서 내리는 빗줄기를 검은 눈동자로 한없이 품어 버리는 그녀, 서예린.

노란 가을 국화 같은 청량한 향기가 젖은 공기를 타고 나의 콧속에 파고들어 왔다.

"가끔씩 한쪽 어깨가 젖고 싶어."

촤악!

내 의견도 묻지 않고 하늘을 닮은 푸른 우산을 펼쳐 든 서예린.

학교 안이건만 그녀가 거짓말처럼 내 팔짱을 꼈고, 나는 그녀의 대담한 행동에 이끌려 비가 쏟아지는 하교 길을 걸을 수 있었다.

뭇 아이들의 부러움을 한껏 받으며 둘 다 한쪽 어깨가 시원하게 젖도록 말이다.

'사나이 강혁! 전화번호 하나 가지고 궁상떨기는.'

그렇게 한참을 걷다가 예린은 우산과 핸드폰 번호를 남겼다.

010—99xx—1179.

며칠 전 바꾼 최신형 핸드폰 햅틱을 열고 예린이 알려준 전화번호를 눌렀다.

띠이이, 띠이이, 띠이이.

'안 받네?'

길게 신호가 울렸건만 핸드폰 너머에서는 사람의 목소리가 들리지 않았다.

"여보세요……."

그때, 천사의 목소리가 거짓말처럼 수화기 너머에서 들려왔다.

"예린아, 나 혁이야."

"응. 안녕, 혁아."

혁이라 이름을 밝히자 자다 깬 듯한 예린이가 밝게 응대해 왔다.

"오늘 날도 좋은데 우리 만날까?"

"호호. 데이트 신청이야?"

'컥, 데이트.'

사파리 육성 시뮬레이션 게임 덕분에 태어나 데이트 한 번 해본 적 없는 나에게 들리는 여인의 물음.

"사나이 강혁이 서예린에게 정식으로 데이트 신청하는 거야. 받아줄 거지?"

예린의 목소리에서 기분 좋은 예감이 들었다.

"…혁이 너라면 언제라도 환영이야."

잠시간의 침묵 뒤에 들리는 환영이라는 말.

가슴이 심하게 요동치며 뛰기 시작했다.

'오~!!'

건달프 사부를 만난 그날 이후 확연히 달라진 내 인생.

터져 나오려는 기쁨을 뒤로하고 약속 시간을 잡았다.

"지금 한 시니까 세 시에 대학로에서 만나자."

"대학로? 좋아. 이따가 봐."

"그래, 이따 보자. 예쁘게 입고 와."

"피이, 누구 좋으라고? 그럼 끊는다?"

뚜뚜뚜.

무슨 배짱으로 예린이에게 예쁘게 입고 오라 말했는지 생각이 나지 않았다.

'데, 데이트! 그래, 데이트!'

끊긴 전화를 붙잡고 감격을 온몸의 진동으로 토했다.

"가만? 그러고 보니 옷이 없잖아! 크아아아!"

강하게 커야 한다는 이유만으로 교복 두 벌 이외에 전혀 새로 지급된 옷이 없는 내 인생.

유람선 여행을 떠나는 와중에 거금 천만 원의 용돈을 빼앗아가면서도 아쉬워하던 하이에나 같은 부모님.

그런 부모님께 고등학교에 들어온 이후에 받은 옷이라고는 표범 가죽 같은 이 육신 하나밖에 없었다.

'두 분 다 분명 흥부를 괄시하던 놀부 형님 부부였을 것이야. 크흑.'

눈물을 머금고 이제는 작아져 똥꼬가 껴 겨우 입을 수 있는 청바지와 아버지가 집에서 잠옷 대신 사용하는 하얀색 면 티를 걸치고 밖으로 튀어나갔다.

입국하던 날, 마르소가 챙겨주었던 청바지와 유럽 최신 유행 남방을 비롯한 일체의 물품은 이미 아버지가 챙겨 가버리셨다.

천사 서예린을 만나러 가는 길.

천사에 걸맞은 옷이 필요했다.

오늘 나는 천사를 즐겁게 해줄 천사의 기사였다.

"이거 주세요. 이것도요."

학생 신분에 가장 무난한 청바지와 늦여름에 어울리는 긴 팔 여름 남방을 골랐다.

그리고 신발을 비롯한 양말, 하다못해 속옷까지 모두 새로운 아이템으로 무장하였다.

"소, 손님, 지금까지 쇼핑하신 금액이… 400만 원이 넘어가는데 괜찮겠습니까?"

대한민국 최고 부자들만 다닌다는 압구정 황제 백화점.

마음에 드는 매장에 들어가 나를 꾸몄다.

'그렇게 내가 없어 보이나?'

내면보다 겉을 중시하는 물질문명의 사회라지만 천하의 강혁을 향해 의심의 눈초리를 보내는 매장 누나의 속마음이 아쉬웠다.

"계산해 주세요."

천사를 만나러 가는 길.

세상의 몰인정을 탓할 시간도 아까웠다.

"어머! 백금 카드네요. 호호! 저도 처음 봐요."

계산할 생각도 안 하고 내가 내민 백금 카드를 들고 호들갑을 떠는 매장 누나.

"이게 말로만 듣던 백금 카드야?"

"억만장자나 유명한 배우들만 사용한다던데……."

백금 카드라는 말에 몰려든 매장 누나들이 나와 카드를 보며 신기한 눈빛을 보냈다.

'아까는 무시하더니만······.'

너무나 속보이는 여인들에게서 시선을 떼었다.

이제 남은 시간은 30여 분.

택시를 타면 딱 맞을 시간이었다.

'사람 참 많다.'

예린이와의 데이트를 위하여 접선 장소(?)로 선택한 대학로 마로니에 공원.

주말을 맞아 데이트를 즐기러 나온 연인들이 바닷가의 모래알처럼 많았다.

'흐흐, 좋을 때지.'

어제 비가 내렸기에 무더위가 한풀 꺾인 서울의 공기. 언제나 매캐하게 젖어 있던 서울이 오랜만에 활짝 웃고 있었다.

그리고 뭐가 그리 좋은지 손을 잡거나 팔짱을 낀 연인들이 즐겁게 거리를 거닐었다.

'몸매 좋고! 크으! 예술이다, 예술!'

연인들뿐만 아니라 여인들 또한 많았다. 나보다 다들 몇 살 위인 이제 피어나기 시작하는 누님들의 포스.

요즘 유행하는 짧은 치마와 시원한 상의를 걸친 누님들.

조그만 엉덩이를 살랑거리며 걸어가는 자태는 보는 나로 하여금 심장 떨리게 만들었다.

대한고등학교를 들어가기 위하여 중학교 이후로 구경 한 번 제대로 못해본 서울 촌놈이 바로 나였다.

그런 나에게 내려진 축복 같은 9월의 토요일 오후.

꿈만 같았다. 지옥 같은 마법 수련이 언제였던가 싶을 정도로 시간은 건달프 사부와 맺어진 아픈 인연을(?) 다 이겨내도록 도와주었다.

"어머!"

"와!"

"예쁘다. 혹시 연예인 아냐?"

"죽인다. 크으!"

'연예인? 누구?'

미인도를 감상하며 망중한을 즐기고 있을 때, 갑자기 뒤쪽에서 들려오는 뭇사람들의 감탄사.

얼마나 귀한 미인이 나타났는지 침까지 흘리는 수컷들의 비명과 여인들의 감탄사.

스륵, 나의 고개도 돌려졌다. 즐거운 공짜 눈요기.

놓치면 억울할 것 같았다.

'호오! 쭉쭉 빠졌네!'

눈을 돌리자 바로 들어오는 날씬한 다리. 경망스런 다른 여인들의 초미니스커트는 아니지만 충분히 미니스커트라 불릴 수 있는 청치마.

치마 아래로 보이는 백설 같은 뽀얀 각선미.

사람들이 감탄을 터뜨릴 만하였다.

'애인이 누군지 몰라도 봉 잡았네.'

얼굴이 기본만 되어도 저 여인은 사람들의 시선을 받기에 충분한 자격이 있었다.

'어?'

부러움과 감탄을 하고 있는 사이, 하얀색 나이키 운동화를 신은 발걸음이 나에게 다가왔다.

"혁아."

'헐!'

미니 청치마에 진주 가루 같은 피부를 돋보이게 만들어주는 하얀색 여름 남방을 걸친 미의 여신.

그녀는 바로 나의 천사 예린이었다.

'젠장! 그럼 여태 다들 예린이 구경하고 있었던 거야!'

아직도 정신을 차리지 못하고 예린이에게 음흉한 눈동자를 굴리고 있는 수많은 수컷들의 시선.

갑자기 분노가 울컥 치솟았다.

부처가 아닌 이상 누가 물 말은 자기 밥을 넘보는 도둑놈을 좋아하겠는가.

"오늘 날씨 좋다. 혁이 아니었으면 낮잠이나 자고 있었을 텐데. 호호, 고마워. 이렇게 데이트 신청해 줘서."

하늘 한 번 바라보더니 데이트 신청해 줘서 고맙다는 감사의 말까지 읊어대는 천사표 예린.

"고마우면 우리 영화부터 볼까?"

"영화? 좋아! 대신 팝콘이랑 콜라도 사줘야 해?"

"콜! 풀 서비스로 모시겠습니다, 공주님."

'크하하! 17년 인생, 엄마 빼고 처음으로 이성과 영화를 보는구나.'

오래 살다 보면 좋은 일도 많다고 누가 그랬던가.

사락.

'으헛!'

즐거운 상상에 빠져 있는 사이 내 왼손에 느껴지는 연체동물 같은 가느다란 손가락의 느낌.

아무렇지도 않게 예린이는 내 손을 잡았다.

비 오는 어제 내 팔짱을 끼었듯이.

'바보.'

손을 잡아주는 것만으로도 놀라는 순진한 강혁을 바라보며 예린은 기분이 좋았다.

'날 기억 못하는 거겠지.'

장동건이나 조인성처럼 잘생긴 얼굴은 아니었지만 보는 이로 하여금 남자답다는 말을 절로 뱉게 만드는 시원한 마스크를 소유한 강혁.

큰 키에 어울리는 단단한 체격은 벌써 1학년 여학생들 사이에 화제가 되고 있었다.

명문 대한고등학교에 들어왔지만 고등학교는 그저 대학을 가기 위한 관문. 더욱이 모두 다 뛰어난 실력자들이었기에 미래의 경쟁자들이었다.

그런 사이였기에 아이들은 언제나 긴장하며 서로를 대했다. 웃더라도 가식을 띠고, 진정한 마음을 여는 친구가 없었다.

하지만 강혁은 달랐다.

언제나 파란 가을 하늘 같은 시원한 미소를 지으며 당당하게 어깨를 펴고 학교생활을 해나가는 강혁은 마음이 지친 아이들에게 보이지 않는 인기를 형성하게 만들었다.

더욱이 예린이에게 강혁은 생명의 은인이었다.

중학교 2학년 때, 대한고등학교를 들어가기 위하여 매일 밤늦게까지 학원에서 공부를 하였다.

그렇게 야간까지 공부를 하여도 집에까지 데려다주는 기사가 있기에 안심하고 학원을 다닐 수 있었다. 그러던 어느 날, 갑작스럽게 기사 분이 교통사고가 나는 바람에 예린은 늦은 밤에 홀로 집으로 돌아가야 했다.

택시를 타고 집으로 갔으면 아무 일도 없었을 텐데 학원에서 운행하는 버스를 타고 집으로 돌아갔다.

그리고 동네 입구 놀이터에서 마주친 세 명의 불량 고등학생.

쌀쌀한 바람이 부는 가을이었기에 밤늦게 돌아다니는 사람이 없었고, 예린은 불량배들에게 어두운 곳으로 끌려갔다.

비명을 지르고 싶었지만 공포에 질려 아무 말도 못한 예린. 자신을 끌고 가며 음탕한 눈길을 보내던 불량배들의 모습은 지금도 잊혀지지 않았다.

그렇게 씻을 수 없는 상처를 입을 뻔했던 그 밤, 영화에서나 나올 법한 기사가 나타났다.

이웃 중학교 교복을 입은 170을 조금 넘는 남학생.

짐승처럼 끌려가던 예린이와 눈이 마주쳤고, 그 순간 남학생은 자리를 박찼다.

경고고 뭐고 없었다. 길바닥에 있던 각목 하나를 주워 개 패듯 세 명의 불량배를 비 오는 날 먼지나게 두들겨 팼던 남학생.

자신보다 덩치도 큰 고등학생들에게 인생 똑바로 살라는 충언을 남기고 사라졌다.

그때 예린은 보았다. 희미한 가로등 사이로 보이는 남자 아이의 교복 명찰.

그 이름은 강혁이었다.

"재미있었어! 혁아, 다음 코스는 뭐야?"

인터넷으로 재미있다는 호평을 받은 썩을 놈, 죽일 놈, 패죽일 놈이라는 영화를 보고 나왔다.

보는 동안 내내 웃기면서 스펙터클하고 액션까지 겸비하여 시선을 빼앗았다.

그렇게 스트레스를 날리고 영화관 밖으로 나오자 어느새 시간은 여섯 시를 향하고 있었다.

"예린아, 너 재즈 좋아해?"

"재즈? 어떻게 알았어, 내가 재즈 좋아하는 거?"

평범한 다른 아이들과는 확연히 다른 독특한 예린.

언젠가 그녀의 mp3에서 흘러나온 재즈의 선율을 나는 기억하고 있었다.

"가자. 대학로에 라이브 재즈 하는 곳이 있어."

"정말? 대단해, 혁! 그런데 혁아, 너 혹시……."

"뭐?"

환호성을 지르며 나의 세심함을 칭찬하던 예린이 의심에 찬 눈동자를 빛냈다.

"말로만 듣던 선수 아니야?"

"선, 선수?"

난생처음 데이트에 들어보는 선수라는 말.

"예린아."

"응?"

조용한 내 부름에 장난기가 가득 담긴 큼지막한 눈동자를 빛내는 여신 같은 소녀.

"나를 선수로 만든 네가 더 선수가 아닐까 의심이 든다. 그리고⋯⋯."

말을 살짝 끊으며 예린이의 검은 눈동자를 지그시 바라보았다.

"너에게만큼은 언제나 선수이고 싶어."

파르르.

'그래, 감동 먹어야지. 흐흐.'

듣는 이로 하여금 철물상에 들러 대패를 사고 싶을 정도의 충동을 느끼게 해줄 노티나는 언어의 배출.

"혁아⋯⋯."

감동 백배를 먹어 파르르 눈동자를 떨던 예린이가 떨리는 입술로 나를 불렀다.

"응, 예린아."

도시의 그림자에 땅거미가 지는 대학로의 어느 길모퉁이.

예린이가 나를 뜨겁게 불렀다.

그리고 나는 예린이 입에서 흘러나올 다음 대사를 기다렸다.

"나 추워."

'캑!'

"갑자기 겨울이 찾아왔나. 왜 이리 춥니? 호호호! 혁아, 너
조심해라. 느끼해서 넘어질라. 호호호호!"

"……."

'그럼 그렇지. 연애가 공부보다 쉬웠다는 말을 믿은 내가
바보지.'

중학교 때, 다가올 세기의 사랑을 위하여 나름대로 철두철
미하게 준비했던 4,000원짜리 연애 교과서.

항상 느끼는 거지만 이론과 실제는 딱 하늘과 땅만큼 차이
가 났으며 돈은 언제나 제 값을 한다는 사실이었다.

"어서 오십시오. 예약하셨습니까?"

젊은이들을 상대하는 대학로에 위치해 있지만 품격을 유
지하고 있는 라이브 재즈 카페 프리우스.

인터넷으로 검색하여 찾아낸 최고의 실력파 재즈 연주자
들이 있는 곳이었다.

"강혁이라는 이름으로 예약하였습니다."

"잠시만요. 아, 여기 있습니다. 제일 앞자리 VIP석이군요.

따라오십시오."

깔끔한 인상의 웨이터가 앞장서서 안내를 했다.

"혁아, 무리하는 거 아냐?"

VIP석이라는 말에 예린이 눈이 동그랗게 변했다.

"용돈 다 털었어. 앞으로 한 달 동안 예린이가 먹여 살리면 돼."

"피, 뭐야? 뭐… 하는 짓이 귀여워서 참고해 볼게."

살포시 내미는 앵두 같은 붉은 입술.

'그놈 참 귀엽게 생겼다.'

묘하게 이는 열기가 입술에서 시선을 못 떼게 만들었다.

"VIP석은 따로 주문받지 않습니다. 잠시 후에 주방장 특선 코스 요리로 준비해 드리겠습니다."

'술 한잔도 못 마시는 신세. 포도주만 있으면 제격인데.'

아직 민증에 잉크도 적시지 못한 우리.

웨이터는 주류는 물어보지도 않고 고개를 숙이며 사라졌다.

"여기는 퀸텟으로 구성됐나 봐. 색소폰, 드럼, 콘트라베이스, 트럼펫, 피아노. 정말 기대돼."

무대 위에 은은한 조명을 받으며 놓여 있는 악기를 보고 잔뜩 기대하는 표정을 짓는 예린.

윤기가 좔좔 흐르는 기다란 생머리를 오른손으로 쓸어 넘기며 기대 넘치는 표정을 지었다.

"이곳은 퓨전 재즈 중에서도 스탠더드 곡을 전문적으로 연주하는 곳이야. 듣기 편안할 거야."

"혁이 너, 재즈에도 관심이 많아?"

"아니, 뭐… 대충."

예린이의 물음에 답을 흘렸다.

한때는 관심이 아니라 업으로까지 생각했던 음악가의 길.

지금은 지나간 나의 꿈이었다.

"갑작스럽게 교통사고라니……."

"연희가 빠지면 안 되는데……."

"하필 손님들이 모두 들어온 시각에."

'교통사고?'

무대 뒤편에서 당혹스러운 음성이 몇 가닥 흘러나왔다.

"혁아, 무슨 일 있나 봐."

샛별 같은 눈동자로 연주자들이 올라오기만을 기대하던 예린이가 실망한 표정을 지었다.

'크으, 나의 완벽한 첫 데이트가!'

천하제일의 미인도를 다 그려놓고 눈동자를 그리지 못하는 화공의 엿 먹은 마음이 이러하던가.

예기치 않은 상황에 가슴이 꽉 하고 쓰러왔다.

오늘의 메인 데이트 코스인 재즈 감상이 수포로 돌아갈 위기가 찾아왔다.

'이대로 돌아갈 수는 없다.'

무슨 말이 오고 갔는지 손님을 맞이하던 웨이터들이 우왕좌왕하였다. 곧 환불 조치가 있을 것 같은 예감이 꽉 들었다.

"잠시만 기다려."

"어디 가?"

"응. 잠깐 화장실에."

"다녀와."

상당한 기대를 품었는지 예린이의 어여쁜 얼굴에는 짙은 실망감이 배었다.

'예린이 널 위해서, 아니, 기념비적인 인간 강혁의 첫 데이트를 위하여!'

결심을 하고 점장으로 보이는 사람에게 향했다.

사나이 강혁이 가는 길에 불가능은 존재하지 않는단 것을 보여주기 위하여.

"하아!"

화장실에 간다던 혁이는 한참이 지나도 돌아오지 않았다.

'혁이와 첫 데이트인데……'

예린은 가슴이 아파왔다.

자신의 백마 탄 왕자님 혁이가 준비한 이벤트.

생각지도 못한 라이브 재즈에 예린은 말로 표현할 수 없는 감동을 먹었다.

자상하신 부모님조차도 일 때문에 예린에게 신경을 쓰지 못했다.

더욱이 오늘은 자신의 생일이었다.

중소기업을 운영하시는 아빠는 무슨 일인지 며칠째 집에 들어오시지 않고 사무실에서 살다시피 했고, 엄마는 친척들과 친구들에게 전화를 붙잡고 아쉬운 소리를 하셨다.

자세히는 모르지만 돌아가는 분위기로 아빠 사업에 이상이 생긴 것이 분명하였다.

그렇게 심란한 마음으로 생일을 보내고 있던 예린에게 찾아온 강혁과의 데이트.

자신을 배려하는 강혁의 순수하고 건강한 미소에 예린은 우울했던 기분을 날릴 수 있었다.

다만 내심 기대하고 있던 라이브 재즈가 무산된 것만 빼고 말이다.

"여러분, 기다리게 해서 죄송합니다. 연주를 바로 시작하겠습니다."

갑작스러운 마이크 방송이 실내를 울렸다.

"······?"

예린이는 놀라 무대를 바라보았다.

저벅저벅.

그리고 무대에 등장하는 다섯 명의 남녀.

대부분 검정 계열의 자유스러운 복장이었건만 특이하게
한 남자만이 편한 청바지에 푸른 남방을 걸치고 있었다.

"혁, 혁아……."

연주자들과 함께 무대 위로 올라오는 짧은 머리칼의 남자
는 바로 강혁. 예린은 믿기지 않는 눈길로 혁을 다시 보았다.

씨익.

그 순간 예린에게 보이는 혁이의 당당하고 시원한 미소.

"조금 늦어서 죄송합니다. 즐거운 저녁시간 되시기를 바라
겠습니다."

40대 초반의 포근한 인상의 색소폰 연주자가 짧게 고개를
숙였다.

짝짝짝!

연주자들이 인사를 하자 자연스럽게 박수가 울렸고, 강혁
은 피아노에 자리를 잡았다.

둥둥둥!

가볍게 울리는 콘트라베이스.

띠딩, 띠디딩, 뿌우우우우!

이어서 시작되는 여러 악기의 하모니를 통해 들려오는 부
드러운 재즈 선율.

"혁……."

예린이도 익히 알고 있는 Fly me to the moon이라는 곡이 재즈로 흘러나오기 시작했다.

그리고 알 수 없는 감동에 예린의 커다란 눈동자는 촉촉하게 젖어 들어갔다.

'다행이다.'

사파리 육성 프로그램이 이렇게 고마울 데가 없었다. 킬리만자로를 헤매는 표범도 암컷을 꼬이기 위하여 악기 하나쯤은 연주할 수 있어야 한다는 엄마의 지론 때문에 배우게 된 피아노.

클래식을 전공하고도 실용음악과 교수가 되신 어머니 덕분에 나는 재즈를 비롯한 다양한 실용음악을 연주할 수 있었다.

그리고 오늘 첫 데이트에 찾아온 위기를 무사히 넘길 수 있었다.

두두, 둥둥, 두두!

'이것이 합주구나.'

듣기 좋고 편안한 재즈 음악이었기에 집에서도 자주 연습하였던 스탠더드 계열의 재즈 음악.

예린이를 위하여 피아노를 연주하게 되었지만, 어느새 나는 재즈가 주는 합주에 빠져 들어갔다.

자유스러운 영혼을 가진 사람들이 사랑한다는 재즈 음악.

눈을 감고 그 감미롭고 조화로운 세계에 깊숙이 젖어갔다.

'대단해, 혁!'

아직은 열일곱이라는 어린 나이의 소년.

재즈로 밥을 먹고사는 전문 연주자들 틈에서 기죽지 않았
다.

아니, 피아노로 어느새 재즈의 중심을 치고 들어가 리더가
된 강혁.

눈을 감고 가볍게 몸을 흔들며 재즈에 빠져 들어가 있는 혁
의 모습에 예린의 가슴은 계속 요동쳤다.

위기에서 구해준 그날 이후로 혁이를 만나기만을 손꼽아
기다렸고, 우연히 같은 학교에 입학한 그를 만날 수 있었다.

그리고 수학여행에서 말을 하기 전까지 얼마나 망설였던가.

혁을 향한 묘한 마음을 표현하기가 부끄러웠던 것이다.

'아름답다.'

남자가 아름다울 때도 있다는 어느 문장의 구절을 오늘 생
생히 경험하는 예린.

몽롱하게 취해 혁이 만들어준 음률을 타고 달을 향해 날아
가는 환상을 맛보았다.

'그래! 그거였어!'

서로의 마음이 통해야만 무난한 연주를 할 수 있는 재즈.

연주자들을 배려하는 마음으로 신경을 쓰며 피아노를 치던 중 갑자기 번뜩이며 깨달음 하나가 찾아왔다.

벽이었던 3서클을 풀 수 있는 열쇠를 발견한 것이다.

'3서클 마법은 2서클까지 섭렵한 마법들에 대한 조화로운 조합에서 시작되는 것이다. 하나와 하나가 합쳐져 둘이 되고 둘과 둘이 합쳐져 넷이 되는 것처럼, 자연스럽게 조화를 이루면 마법의 벽은 깨지는 것이다. 그릇이 커지면 담기는 물이 더 많아지는 것처럼.'

건달프 사부가 말하기를 3서클부터 정식 마법사 칭호를 받으며 세상에 나가 밥값을 할 수 있다고 하였다. 하지만 수련 마법사인 2서클에서 평생 벽에 가로막혀 3서클에 오르지 못하는 자들이 태반이라 하였다.

그리고 이제 나도 마법사로서 밥값을 할 수 있을 것 같았다.

'고마워, 예린.'

새로운 인생의 시작점에서 함께 서 있던 예린.

그녀는 나를 지켜주는 행운의 여신임이 틀림없었다.

Chapter 06
진정한 돈질

"레비테이션!"

파앗!

마법 영창이 끝나기가 무섭게 서클의 마나가 쏙 빠져나가는 것이 느껴졌다.

두둥!

"오옷, <u>오오오오오오오오오</u>! 떴다! 떴어!"

동시에 내 몸은 누군가 사뿐히 들어 올려주는 것처럼 공중으로 <u>부양했다.</u>

언제나 놀라움을 선물하는 마법.

새끼 슈퍼맨이 된 것처럼 나는 손을 뻗어 날아가는 자세를
취했다.

"흐흐흐, 만약 사부처럼 대마법사가 된다면 세계 정복도
문제없겠군."

무궁무진한 마법의 활용.

아무리 최첨단을 달리는 21세기라지만 마법으로 이룰 수
있는 것은 끝이 없었다.

사람에게 보이지 않는 인비지빌리티 마법으로 은행을 털
어도 될 것이고, 평생 궁금증으로 남을 여탕 탐험을 해도 될
것이다.

안전한 워프 마법진을 설치한다면 언제나 지구를 마음껏
여행할 수 있을 것이다.

그것뿐만 아니라 여러 가지 공격 마법과 방어 마법은 인간
자체를 무적으로 만들 수도 있었다.

거기에다 광범위한 마법적 지식으로 신약 개발과 신물질,
그리고 마법 아이템을 만든다면 땅 짚고 헤엄치는 것보다 더
쉽게 떼돈을 벌 수 있을 것이다.

"이대로 쭈욱 달리면 내년이면 4서클, 아니, 5서클도 가능
하겠군."

사부가 창조하긴 했지만 몸으로 체득하지 못한 새로운 마
나 연공법, 마법과 결합된 도가 계열의 내공심법은 내 급한

성격과 어울렸다.

사부처럼 백 살이 다 되어 8서클 늙다리 대마법사가 되면 무엇 하겠는가?

청춘은 사라지고 함께하던 아름다운 여자 친구들도 뼈가 흐물흐물 녹아 한 줌 흙으로 돌아가 있을 텐데 말이다.

'후딱 해치우자! 마법사 역사상 그 누구도 이루지 못할 쾌속 성장을 할 것이야!'

가슴에 느껴지는 뚜렷한 세 줄기의 마나 서클.

상단전과 하단전에 들어차 있던 마나들과 소통을 이루며 서클을 이루고 있음이 느껴졌다.

'3서클 마법으로는 부족하다. 기껏해야 최고 공격 마법이 라이트닝뿐이다. 강한 마법을 사용할 수 없기에 정작 위험할 때는 사용할 수가 없다.'

머릿속에 스치고 지나가는 마법 이론.

마법 수식과 영창 없이 마법을 순식간에 펼치기 위해서는 한 서클 위의 마법을 터득해야 했다.

그런 점에서 3서클 마법을 배웠다 하여 이렇다 할 이득은 없었다.

아무런 보호 없이 펼치는 느린 마법보다 차라리 내 주먹이 현재는 더 파워가 있었다.

'4서클! 다음 목표는 4서클이다!'

한 번 마법사는 영원한 마법사라 했던 사부의 말.

나도 어느새 서클과 마법 지식에 눈에 쌍심지를 켠 마법사가 되어버렸다.

'플라이 마법을 배우는 거야. 그래서 예린이가 잠자는 아파트 창가로 가서… 흐흐흐…….'

승부욕을 불태우는 야실한 생각 하나.

그렇기에 마법이 나에게 필요한 것이다.

그리고 나중에 내 아들에게 물려줄 작정이었다.

실생활에 아주 유용한(?) 마법 108선을 만들어서 말이다.

"확실한 정보인가?"

"그렇습니다, 마스터. 감시하고 있던 매지션 컴퍼니 전용 비행기가 인천국제공항에 장기 체류 중입니다. 그리고 비행기를 사용했던 자는 17세의 강혁이라는 고등학생입니다."

"고등학생이라……. 늙은이의 제자가 확실하겠군. 돈을 피같이 여기는 자가 자신의 비행기를 내줄 정도라면 말이야."

최고급 악어가죽으로 만든 의자에 앉아 있는 사십대 중반의 남자.

벽에 걸려 있는 백호 가죽과 장식품으로 사용되는 십여 자루의 장총이 사내의 신분이 범상치 않음을 말해주었다.

"쓸 만한 아이들을 보내 강혁이라는 아이를 감시해라."

"네, 마스터!"

오른쪽 눈가에서 입 쪽으로 깊숙한 흉터가 나 있는 사내가 고개를 숙였다.

눈앞의 마스터라 불리는 사내.

이마 부근이 화상 때문에 흉측하게 일그러져 있는 사내는 홍콩과 중국, 그리고 동남아에서 이름만 들어도 벌벌 떠는 삼합회의 세 수장 중 한 사람이었다.

이름은 쳉리.

주먹 하나로 오늘의 자리에 이른 삼합회의 전설적인 살인 기계 중 한 명이었다.

'늙은이… 오늘을 기다렸다. 네놈을 어찌하지는 못하지만 네놈이 남긴 마법의 새싹들은 모두 자라기 전에 짓밟아 버릴 것이다. 으드득!'

이십 몇 년 전 청부 살인을 위하여 체코에 들렀다가 우연히 마주하게 된 마법사.

처음에는 허황된 꿈을 꾸는 미친 늙은이라 생각했지만 직접 보여주었던 가공할 마법에 쳉리는 마법사의 제자가 되었다.

그러나 수년 동안 배워도 3서클의 벽을 넘지 못하자 쳉리는 마법사를 죽이고 재산을 강탈하고자 하였다.

마탑이라는 곳에 자리 잡은 어마어마한 재산과 세계 각국에 숨겨져 있는 천문학적인 돈.

마탑만 털어도 조직 하나쯤은 우습게 세울 수 있는 거대한 재물이었기에 살인을 계획했지만 실패하였다.

8서클 대마법사.

상상만 하던 고 서클 마법은 쳉리가 생각하는 그 이상이었다.

이미 미친 마법사는 자신의 배신을 감지하고 마법 트랩을 곳곳에 설치해 두고 있었던 것이다.

그리고 쳉리는 살기 위하여 머리를 깨져라 바닥에 짓찧었다.

'강혁… 나에게서 살아남을 실력이 있기를 진심으로 바라마. 크크크.'

타고난 무골 체질에 피나는 수련을 통하여 3서클 마법을 극한으로 수련한 쳉리.

마법은 오늘의 그를 있게 만들어준 진정한 힘의 원천이었다.

"혁아, 나 어떡해. 이번에 성적이 떨어질 것 같아."

"사내가 그깟 시험 점수 좀 떨어졌다고 인상은!"

'크크크! 중간고사가 드디어 끝났군.'

아무리 대마법사라도 피할 수 없는 대한민국의 교육 과정.

시험을 망친 듯 중현이는 마지막 시험지를 들고 벌벌 떨고 있었다.

'사부를 사랑하지 않을 수가 없다니까. 크크크.'

마법을 배우고 나서 더 똑똑해진 머리. 거짓말 안 하고, 집중해서 한 번 본 책은 모두 달달 외울 정도로 오성이 발달했다.

그리고 본 시험.

모르는 문제가 하나도 없었다.

'그러고 보니 아인슈타인도 사부님이 키웠다 했지? 인간의 뇌를 20% 정도 사용했다 했으니… 오오! 그럼 나도 그 정도로 뛰어난 머리를 소유하게 된 거야?'

양파 껍질을 벗기듯 하나둘씩 알게 되는 마법의 엄청난 효용.

이대로만 쭉 가도 노벨 물리학상은 따놓은 당상일 것 같았다.

"호호, 다들 수고했어요. 하지만 중간고사가 끝났다고 인생의 시험이 모두 끝난 것은 아니니 긴장 늦추지 말고 열공하세요. 공부해서 남 주는 것 아니니까 말이에요. 호호호호!"

입만 열었다 하면 아이들 기를 팍팍 죽이는 공포의 백설공주 왕선녀 선생님.

시험에서 해방된 아이들의 기분도 모르고 초를 팍팍 치고 있었다.

"선생님, 저희 할아버님이 시험이 끝난 친구들을 모두 데리고 오라 하셨습니다."

"오, 그래? 황 회장님이 그러셨단 말이지?"

"네. 저희 오성호텔로 초대한다 하셨습니다."

'저놈 봐라.'

내가 돈지랄하지 말라고 경고했건만 황성택은 자랑스러운 얼굴로 주둥이를 나불거렸다.

"오성호텔 좋지. 나도 얼마 전에 가본 적이 있는데 정말 음식 깔끔하고 맛있더라."

대한민국에서 두 번째 가라면 서러울 오성그룹.

그 오성그룹의 직계 친손자인 황성택은 그룹이 자기 것인 양 자랑스러운 얼굴을 하고 있었다.

"밖에 버스가 준비되어 있습니다. 지금 가시면 됩니다."

"호호, 좋아. 얘들아, 친구 할아버님이 초대하는데 모두 가야지? 오늘 하루는 마음껏 놀자꾸나."

방금 전까지 중간고사가 끝났다고 인생 시험이 끝난 것은 아니라며 공부하라고 압력을 주던 왕선녀 선생님.

호텔 초대라는 말에 입이 함지박만큼 벌어져 아이들을 선동했다.

"와아! 오성호텔 뷔페 맛있다고 소문났는데 오늘 포식하겠다!"

"호호! 역시 잘난 친구가 있다는 것은 좋다니까."

대한그룹과 함께 대한민국 대재벌 중 한곳인 오성그룹.

반 아이들도 나름대로 미래를 생각하는지 좋다고 난리를
쳤다.

"뭐, 바쁘시거나 마음에 들지 않으면 안 가도 되니까 부담
은 갖지 않아도 돼. 특히 호텔에서 길 잃어버릴 수도 있는 분
은 말이야."

말을 하면서 차가운 비웃음을 지으며 나를 바라보는 황성
택.

'저, 저 싸가지가! 으으으!'

그리 안 해도 따끔하게 손을 봐주려 했건만 인내심의 한계
를 시험하는 황성택이었다.

'한 번 가주지. 얼마나 잘난 곳인지.'

태어나 한 번도 가본 적 없는 오성호텔.

이를 갈며 입가에 미소를 지었다.

소리장도.

웃음 속에 비수 하나를 잘 버려두고 말이다.

"좋은데?"

"역시 오성호텔이야!"

학교 교복을 입고 단체로 입성한 오성호텔 뷔페.

라이브로 울리는 현악 십중주단의 음악이 감미롭게 흘러나오는 가운데 수백 가지는 넘을 것 같은 최고급 요리들이 그릇에 담겨져 아우성치고 있었다.

어서 자기들을 가난한 창자에 넣어달라고 말이다.

'이거 좋은데? 집도 가깝고 밥 먹을 걱정 안 해도 되고 말이야.'

오성호텔 뷔페를 보자 번뜩 떠오르는 기막힌 생각.

"매니저 누나."

"네, 무슨 일이십니까?"

회장 손자와 그 친구들이 왔기에 바짝 긴장하며 살피고 있던 매니저 급 여직원을 불렀다.

"이거 얼마예요?"

내 손가락을 따라 뷔페를 바라보던 이연실이라는 명찰의 매니저.

"저녁 시간에는 부가세 포함 12만 원 정도 합니다. 하지만 회장님 특별 지시로 대한고등학교 학생들은 동반 가족까지 반값에 할인되고 있습니다."

최고급 호텔답게 영업용 미소를 지으며 친절하게 설명하는 매니저.

"아니, 그게 아니라 이 호텔 얼마냐니까요?"

"네? 호, 호텔이요?"

아무렇지도 않게 호텔 가격을 묻자 잠시 당황해하던 매니저 이연실 누나.

"저희 호텔은 비상장이라 가격이 얼마라고 정확히는 모르겠습니다. 다만 비상장 주식 가격으로 주당 5만 원이니까… 약 1,200억 정도면 적당하다고 말할 수 있습니다."

일개 학생의 철없는 질문이라 생각했는지 1,200억을 힘주어 말하는 이연실 매니저.

"누나는 꿈이 뭐예요?"

"네? 제 꿈요?"

밥도 먹지 않고 요상한 질문을 하는 나를 바라보며 잠시 고민하는 매니저 누나였다.

선보는 것도 아니고 인생 상담하는 선생도 아니면서 별걸 다 묻는다 싶을 것이다.

"당연히 호텔리어의 마지막 꿈인 호텔 경영이죠. 그 꿈을 위하여 저는 최선을 다해 살아왔습니다."

'오! 이 누나 멋진데.'

꿈꾸는 자는 아름답다고 했던가.

호텔 경영을 하고 싶다는 이십대 후반의 어여쁜 누나는 눈동자를 반짝였다.

"그럼 곧 좋은 소식이 있을 겁니다."

"네? 좋은 소식이라니요?"

내 말을 알아듣지 못하고 다시 묻는 이연실 매니저.

"제가 밥 먹을 곳이 마땅치 않거든요. 그래서 이 호텔을 살까 생각 중입니다."

비밀 이야기라도 하듯 그녀의 귀에 대고 살짝 속삭였다.

"······."

그러나 아무 말도 들려오지 않았다.

"만약 호텔을 인수하신다면 저에게 경영을 맡겨주세요. 제가 1년 안에 대한민국 최고, 아니, 세계 일류로 만들어 드릴 테니까요."

농담으로 들었는지 잠시 후 정신을 차리고 미소를 싱긋 지으며 내 귀에 속삭이는 이연실 매니저.

친한 형님이라도 계시면 소개팅이라도 시켜주고 싶을 정도로 매력적인 여성이었다.

우적우적.

두툼하게 살이 오른 킹크랩 살점을 향긋한 키위 소스를 뿌려 씹었다.

'맛이 환상적이군.'

아무리 학교 급식이 대한민국 최고급으로 나온다 하더라도 일류 호텔 뷔페만 할 수는 없었다.

더군다나 어머니 없이 며칠 동안 밥다운 밥을 먹어보지 못한 나는 한식, 일식, 양식, 거기에 각 대륙별로 테마가 정해져 있는 관을 돌아다니며 뱃속에 쑤셔 넣기에 바빴다.

'조미료도 적당하고 재료도 싱싱하고. 캬아! 주방장 솜씨까지 곁들이니 완벽 그 자체로군.'

요리별 특성에 맞게 정식 코스로 조리된 진미들은 혀를 살살 녹였다.

"혁이 배고팠구나?"

"응? 배는 무슨. 다만 친구의 성의가 괘씸하여 열심히 먹어주는 것이지. 그런데 예린아."

"왜?"

천하진미 앞에서도 깨작거리며 샐러드 몇 종류만 먹고 있는 예린이를 불렀다.

"우리 어머니가 그러시는데, 먹는 게 복스러워야 나중에 시집가서 아가도 쑹풍쑹풍 생산한다고 그러시더라?"

"생산? 피이, 원시시대도 아니고."

우리들의 미래를 걱정하는 나의 뼈있는 한마디에 특유의 피 소리를 내며 얼굴을 사르르 붉히는 서예린.

'아구, 보는 것만으로도 배가 부르네.'

"너, 너희들 둘이 이상하다?"

우연인지 필연인지 팬티와 고무줄 관계인 중현이와 나는

언제나처럼 같이 착석하였다. 그런데 예린이 스스럼없이 우리들 좌석에 앉아 나를 즐겁게 해주었다.

그리고 음식을 쑤셔 넣던 중현이가 의심스러운 눈동자로 나와 예린이를 살폈다.

'자식, 보기보다 눈치가 빠르다니까.'

중현이의 예상치 못한 관찰력에 흐뭇해졌다.

"돼지처럼 잘도 처먹는군."

중현이 예린이와 함께 맛있는 식사를 하고 있는 와중에 들리는 참으로 재수를 시궁창에 던져 버리는 목소리.

"유럽에서 찌질이처럼 걸식하다 왔을 것이니 배가 고플 만도 하겠지."

"크크! 많이 처먹어라, 대한의 꼴통아."

'요것들 봐라?'

밥 먹을 때는 개새끼도 건들지 말라는 격언을 무시하는 세 마리 어린놈의 새끼들.

어느새 나타나 멋모르고 나에게 시비를 걸었다.

특히 입가에 비웃음을 잔뜩 머금고 있는 재수 삼십만 년짜리 황성택.

'오늘 한번 봐?'

짧게 고민이 들었다.

"강혁, 많이 먹어라. 없는 집 새끼들이 이런 곳에 언제 오

겠냐. 크크. 이 황태자께 잘 보이면 매일 먹여줄 수도 있지만 말이야. 안 그래, 서예린?'

화살이 나에게서 예린이로 향했다.

"흥."

하지만 도도한 백합이 잡놈과 어울릴 수는 없는 법.

예린은 흥 소리를 내며 고개를 창밖으로 돌려 버렸다.

'이 새끼가 진정한 현질이 뭔지를 모르는군.'

예전 같았으면 나름대로 자존심이 상했겠지만, 세상 부러울 게 없는 부자가 되니 황성택의 개지랄이 가소로웠다.

"회장님이 오십니다."

"아니, 갑작스럽게 회장님이……."

황성택을 어떻게 골로 보내야 잘 보냈다 소문이 날까 고심하는 사이, 뷔페 입구가 시끄러웠다.

"할아버지!"

'할아버지? 오성그룹의 회장 황만혁?'

TV에서 자주 보았던 오성그룹의 황만혁 회장이 십여 명의 수행원들을 이끌고 안으로 들어섰다.

그러자 강아지새끼처럼 황성택이 쪼르르 달려가 제 할아버지를 불러댔다.

'헐, 상당한 숏 다리 집안이군.'

반백의 희끗한 대머리를 자랑하는 70대의 황만혁 회장. 작은 키에 어울리는 똥 폼을 잡고 제 새끼를 품에 안았다.

"허어, 녀석. 내일 모레면 장가갈 녀석이."

사람 좋아 보이는 웃음을 지으며 자기 강아지새끼의 머리를 쓰다듬어 주는 황만혁.

중소기업 등을 쳐 먹는 악덕 대기업이라 욕하던 펀드 매니저인 아버지의 말씀과 달리 겉은 멀쩡해 보였다.

마음씨 좋은 케이에프씨 할아버지처럼 온화한 인상이었다.

"안녕하세요? 호호! 성택이 담임을 맡고 있는 왕선녀라고 합니다. 이렇게 만나뵙게 되어 영광입니다. 호호호!"

가식이 철철 넘치는 교양을 뿌려대는 백설공주 왕선녀 선생님.

"아, 성택이 담임이셨군요. 한번 찾아뵙고 인사를 드려야 하는데 이제야 만나게 되었습니다."

"호호, 별말씀을요. 대한민국을 선도하는 오성그룹을 이끌어가시는 분이 학교는 무슨, 성택이는 제가 물심양면으로 보살필 터이니 심려치 마십시오."

사회생활이 무엇이고 아부란 무엇인가를 극한으로 보여주는 화장 떡칠 왕선녀 선생님.

"그러시다면 제가 마음을 놓겠습니다. 그럼 언제 제가 작은 성의라도 보낼 터이니 사양하지 마시고, 앞으로 우리 오성그룹을 이끌어갈 성택이를 잘 부탁드리겠습니다."

대오성그룹 회장을 선생님이라는 신분으로 언제 다시 볼 수 있겠는가. 더군다나 작은 성의라는 말에 두툼한 화장발 속에서도 희색으로 변하는 왕선녀 선생님의 표정.

정말 우리 담임이라는 것이 쪽팔렸다.

"총지배인."

"네, 회장님."

황 회장의 부름에 호텔 총지배인이 황급히 답했다.

"특별 메뉴 좀 만들라고 주방에 말 좀 해놔요. 우리 손자 친구들이 왔는데……."

원래 말버릇이 그런 것인지 뒷말을 가볍게 흐리는 황 회장.

"이미 오시기 전에 각 주방에 특별 메뉴를 만들어놓으라 말해놓았습니다."

군대에서 일병이 사단장을 보고 굳어버린 것처럼 황 회장 앞에서 꼼짝 못하는 총지배인이었다.

'쳇, 그 할아버지에 그 손자 녀석이군.'

황성택이 왜 저렇게 싸가지를 밥 말아 먹었는지 이유를 알 것 같았다. 할아버지라는 사람에게 보고 배운 것이 사람들 앞에서 똥 폼 잡는 것뿐이니 어린놈이 그렇게 버르장머리가 정신 줄 놓고 가출한 것이리라.

"자, 여러분! 오늘 초대해 주신 황만혁 대오성그룹 회장님께 감사의 인사를 올려야죠?"

오성그룹 홍보실장도 아니면서 대오성그룹을 강조하는 왕선녀 선생님.

"감사합니다."

"회장님, 짱이에요!"

짝짝짝!

무슨 까닭인지 다른 외부 손님들은 몇몇 안 되고 대부분 우리 반 아이들만 있기에 인사와 박수 소리가 힘차게 울렸다.

다만 그 와중에서 나와 예린이만 시큰둥한 표정으로 무반응을 보였다.

"고마워요. 이제 그만 하고 다들 식사하세요. 늙은이가 주책없이 나타나 밥 먹는 분위기만 깬 거 같습니다."

정치와 쌍벽을 이루는 경제계의 거물 인사답게 아이들 앞에서도 인자하게 자신을 포장했다.

'난 알고 있소이다. 당신 마음이 아주 새카만 까마귀 사촌이라는 것을.'

그러나 다른 아이들과 달리 아버지를 통하여 들었던 오성그룹의 아주 못된 버릇.

실력있는 중소기업에 오더를 주고 점점 단가를 깎거나 트집을 잡아 고사시켜 자기 계열사로 합병하는 것이 저 황만혁의 특징이라 하였다.

"그럼 다들 즐겁게 재밌게 놀다들 가요. 성택아, 내일 시간

나는 친구들 오성랜드도 데리고 놀러 가렴. 내가 말해놓을 테
니."

"할아버지, 고마워요. 헤헤."

'졸도하시겠구먼.'

학교에서는 있는 폼 없는 폼 다 잡던 놈이 제 할아버지 앞
에서는 꼬리를 만 똥개처럼 헥헥거렸다.

드륵.

"혁아, 어디 가?"

의자를 밀고 자리에서 일어나자 예린이가 어디 가냐고 물
었다.

"잠깐 인생에 대해서 따끔하게 충고해 줄 사람이 있어서."

대답을 하고 황 회장이 사라져 간 밖으로 뛰어갔다.

꼭 해주고 싶은 말이 문뜩 생각났던 것이다.

"황 회장님!"

뷔페를 나가 엘리베이터 앞에 서 있는 황 회장을 힘차게 불
렀다.

"누군가? 성택이 친구인가?"

감사함을 표하러 자신을 따라 나왔다고 생각했는지 반갑
게 맞이하는 황만혁 회장.

"강혁이라고 합니다. 한 가지 묻고 싶은 것이 있습니다."

"질문? 하하! 젊은 친구가 용감하군."

용감하다는 말처럼 황 회장 주변은 경호원과 수행원이 어느새 20여 명으로 늘어나 있었다.

"그래, 무언가, 그 질문이라는 것이?"

아직까지는 자상함을 잃지 않는 황 회장.

"회장님은 꿈이 무엇입니까?"

"꿈?"

갑작스러운 꿈 이야기에 살짝 당황한 황만혁.

"이 사람이! 바쁘신 회장님을 잡고 지금 농담하나!"

수행비서 실장으로 보이는 남자가 눈을 살짝 찌푸리며 앞으로 나섰다.

"내겐 어설픈 꿈 따위는 없네. 다만 치열하게 주어진 삶을 살아갈 뿐이지."

'꿈이 없다라……. 그랬군.'

어릴 적 할아버지는 어린 나를 품고 이야기처럼 말씀해 주셨다.

꿈을 꾸는 자만큼 행복한 이가 없다고. 그리고 꿈이 없는 사람만큼 불행하고 두려운 이는 없다고 말이다.

"말씀 감사합니다. 앞으로 깊이 참고(?)하겠습니다."

고개를 꾸벅 숙이고 뷔페 안으로 돌아섰다.

"자네, 이름이 뭔가?"

뒤에서 들려오는 회장의 굵은 목소리.

"강혁, 강혁이 제 이름입니다."

'앞으로 자주 듣게 될 것입니다.'

꿈이 없는 자가 대한민국을 이끌어가는 대기업의 총수였다.

아랫사람이 그렇다면 이해가 갔지만, 리더는 그러면 안 되는 것이었다.

조직에서 리더의 꿈이 바로 아랫사람들의 꿈이었다.

"황성택, 네 덕분에 잘 먹었다."

"그래? 이제야 주제 파악을 하셨나 보지?"

안으로 들어와 자리에서 시건방진 자세로 음료를 들고 있던 황성택에게 고마움을 전했다.

"자식, 가진 건 쥐뿔도 없으면서 고개만 빳빳이 세워가지고 다니기에 뭐 좀 있나 싶었는데……."

"클클, 앞으로 잘해라."

황성택의 한마디에 두 마리 사육된 사냥개가 왈왈 짖었다.

"그래서 말인데, 내일 너희들을 초대하마."

"초대?"

"아그들아!"

성택의 물음을 간단히 씹어버리고 코를 박고 음식 먹기에 여념이 없는 아이들을 모두 불렀다.

'자식들! 제대로 인생 극락 한번 구경시켜 주마.'

싸가지없는 오성그룹 따위에 질 수 없었다.

"내일 모두 열 시까지 인천국제공항 출국장 A게이트로 여권 지참하고 나와라."

"여권? 푸하하! 왜? 여권 걸어서 해외로 튀게?"

아직 상황 파악을 못한 황성택이 박장대소를 터뜨렸다.

"선생님, 내일부터 주말까지 시간 있으시죠?"

"어? 뭐, 딱히 할 일은 없는데……."

딱히 할 일이 아니라 아무 일도 없을 노처녀 왕 선생님. 소스가 입에 튄 것도 모르고 있었다.

"그럼 나오세요. 아그들아, 너희들도 모두 빠짐없이 나와라. 평생 후회하지 말고."

진정한 돈질이 무엇인지 가르쳐 줄 것이다.

"황성택, 그리고 너희 둘. 반드시 나와라. 내 초대를 거부하는 겁쟁이가 되지 말고. 크크."

"뭐라고? 흥! 알겠다. 내 반드시 가주마, 이 겁대가리 없는 놈아!"

사부에게 배운 낚시질.

여지없이 철없는 붕어 대가리는 덥석 미끼를 물었다.

"참고로, 가져올 것은 별로 없다. 갈아입을 속옷과 가장 자신의 몸매에 어울리는 수영복만 지참해."

자신감 넘치는 목소리가 뷔페장 안을 울렸다.

'자식들, 이제 시작이다!'

그리고 나는 차곡차곡 계획을 짰다.

어린아이들에게 보여줄 내가 꿈꾸는 파라다이스를.

"오늘은 무슨 일이야?"

"몰랐어? 저번에 A380 타고 내렸던 고삐리 생각나지?"

"응. 당연히 알지. 지금도 생각하면 꿈만 같다, 야. 세상에 유럽 의회 의장과 몇몇 국가 수장한테 공사 사장님에게 전화가 왔었다며. 의전에 최선을 다해달라고 말이야."

"오늘 바로 그 의문의 고삐리 선생님이 출국하신단다. 그것도 자기 반 애들 서른다섯 명과 함께 말이야."

"뭐, 뭐라고?!"

한 달에 몇 번 없는 일정에 타 부서의 부러움을 한꺼번에 받고 있는 인천공항공사 의전 팀.

목요일 저녁 늦게 걸려온 전화 한 통에 다시 난리가 났다.

아침 일찍 의전 전용 9번 톨게이트를 통하여 출국하겠다는 연락이 온 것이다.

그리고 고위 관료가 아닌 고삐리를 의전하게 될 직원들은 아침부터 바빴다.

한두 명도 아니고 고삐리 서른다섯 명의 출국 심사를 대행하려면 일이 제법 많았던 것이다.

"어머, 국정원 직원들까지 찾아왔어!"

의전 매뉴얼대로 빠르게 움직이며 놀랄 것은 다 놀라는 의전 팀 직원들.

최고의 베테랑들답게 일의 진행은 어렵지 않았다.

"국가요인보호국 최병렬 과장입니다. 오늘 출국하게 될 분들은 간소한 출국 검사 후 바로 나갈 수 있도록 조치 부탁드립니다."

회색 바바리코트를 착용한 세 명의 국정원 직원은 의전 팀 팀장에게 통보를 하였다.

"네에, 알겠습니다."

대통령이 아닌 이상 출국 검사를 필해야 했다.

그런데 간소한 출국 심사를 말하는 국가정보원 관계자.

국가 기관의 명령이기에 따라야만 했다.

그리고 모두들 다시 번뇌에 빠졌다.

대통령도 아니고 고위 요인도 아닌 일개 고삐리 주제에 국가정보원의 요인 경호까지 받으며 출국하는 이.

움직이는 와중에도 의전 팀 직원들은 작은 머리로 그 의문의 고삐리 정체를 파악하기에 바빴다.

"선생님 오셨습니까!"

"혁아, 호호. 네가 오라고 해서 왔는데… 오늘 왜 부른 거야?"

철없고 그에 걸맞게 조금 푼수가 없고, 거기에 방정도 아주 적당히 떠는 우리 담임 왕선녀 선생님.

오늘따라 착하게 말도 하지 않았건만 수학 선생님이신 이지혜 선생님까지 모시고 등장하였다.

"하하, 그동안 저희들 가르치시느라 수고하신 선생님과 수학여행 때 저 때문에 여행을 망친 아이들에게 제 작은 성의 표시를 하려고 불렀습니다."

"성의 표시?"

밤새 궁금했을 것이다.

"혁아, 왕 선생님이 가자고 해서 오긴 왔는데… 오늘 어디 가는 거야?"

지적이면서도 자상하신 선생님의 표본 이지혜 선생님이 걱정 반 의문 반의 눈동자로 내 의중을 물었다.

"잠시만 기다리시면 알게 될 것입니다, 요정도 울고 갈 아름다운 두 선생님들."

"호호호, 우리 혁이가 보는 눈이 있다니까."

이지혜 선생님 덕분에 극찬을 받는 줄도 모르고 상당히 즐거워하시는 노처녀 왕선녀 선생님.

모르고 계실 것이다.

이번 여행 내내 어떤 비극이 자신을 기다리고 있을지 말이다.

"혁!"

"혁아!"

선생님과 잠시 수다를 떠는 사이 아이들이 삼삼오오 짝을 지어 게이트 앞으로 모였다.

'오, 귀염둥이! 센스 있는데?'

유행에 뒤떨어지지 않는 선글라스를 머리에 두르고 기다란 생머리를 찰랑거리며 나타나는 서예린.

쌀쌀한 날씨에도 과감히 드러난 청 반바지에 언제나 즐겨 입는 하얀 남방은 뭇 아랫것들 사이에서 빛나게 만들었다.

'이지혜 선생님도 만만치 않건만 역시 젊음이 좋긴 좋아!'

도도한 백합 같은 예린, 거기에 필적할 미모를 소유한 한 송이 코스모스 같은 이지혜 선생님.

두 미인이 내 옆에 나란히 서자 절로 어깨가 으쓱여졌다.

"헤헤, 혁아. 나 왔어."

가볍게 여행을 간다 했건만 무슨 마음을 먹었는지 커다란 트렁크를 끌고 나타난 중헌.

수영복을 지참하라는 내 말에 무언가 캐치를 했는지 밀짚 모자를 눌러쓰고 나타났다.

"그, 그래. 오느라 수고했다, 나의 베프."

인간성 좋은 천하의 강혁을 진실하게 믿어주는 베스트 프렌드 중현. 대학총장인 아버지를 두고 있으면서도 언제나 겸손함을 잃지 않고 친구의 본분을 다하는 중현이는 친구라 이름 부르기에 부끄러움이 없었다.

"강혁, 오라고 해서 왔다만… 이거 오늘 시간만 공치는 거 아냐? 설마 여권 들고 할인받아 공항 식당에서 밥 먹으라고 부른 건 아니지?"

오자마자 선생님들에게 인사도 하지 않고 시비부터 거는 황성택.

분명 수영복 하나쯤은 지참하라 했건만 놈은 아무것도 없이 평상복 차림 그대로 나타났다.

언제나처럼 두 똘마니 똥개를 데리고 말이다.

"황성택, 네 눈에는 여기 계시는 두 분의 선생님이 청소부 아줌마로 보이냐? 자식이 뼈대있는 가문에서 자란 줄 알았건만 이거 족보도 없는 콩가루 집안 출신 아냐?"

"뭐, 뭐야! 이 새끼가!"

'흐흐. 자식, 딱 걸렸어.'

오늘 나는 날 잡았다. 똥개들 정신교육 시간으로 말이다.

"자, 다들 온 것 같으니까 저를 따라오세요."

"혁아, 어디 가는데?"

"흥! 지가 뭔데 오라 가라야."

다들 모이라고 해서 모였지만 황금 같은 금요일이 낀 주말이니 쉬고 싶을 것이다.

그러나 반의 분위기를 좌우하는 황성택도 참가하고 선생님도 오신다 하니 모인 것이리라.

아니, 몇몇은 내가 왜 이러는지 궁금해서 나온 애들도 있을 것이다.

'이러니 귀족이 따로 없네.'

선생님이라는 이름 때문에 내 옆을 걷는 이지혜 선생님, 그리고 당연하다는 듯이 아이들 눈초리를 받으며 내 옆을 걷는 서예린.

두 천하의 미녀가 풍겨내는 매혹적인 향기에 심장이 벌렁거리며 펌프질하기에 바빴다.

그리고 내 발걸음은 일반 출국장이 아닌 귀빈들이 이용하는 의전실로 향했다.

"어, 어어?"

"여기가 말로만 듣던 의전실?"

소나무관이라 했던가?

전, 현직 대통령, 그리고 삼부 요인을 비롯한 고위급 인사들만 사용할 수 있는 VIP 의전실.

나를 따라 들어선 아이들은 고풍스러운 소나무관이라는 의전실 안에서 탄성을 터뜨리기에 바빴다.

"혁아, 어떻게 된 거야?"

들어서는 순간부터 방 안의 풍경에 기가 죽은 왕 선생님이 사방을 두리번거리며 물었다.

"어서 오십시오. 잠시만 기다리면 바로 게이트로 안내해 드리겠습니다."

입국할 때 보았던 아리따운 의전 팀 여직원 누나가 아이보리 슈트 정장을 걸치고 고개를 숙였다.

그리고 반 친구 녀석들은 귀한 소파에 앉을 생각도 못하고 나만을 바라보았다.

마치 소풍 나온 유치원 아이들이 선생님을 바라보듯이 말이다.

"다들 앉아. 누님이 조금만 기다리라잖아. 선생님들, 앉으세요."

"으, 응."

털썩, 내가 자리를 잡으며 권하자 왕 선생님과 이지혜 선생님은 아주 조심스럽게 소나무 색을 닮은 소파에 앉았다.

"와, 부드러워. 우리 집 소파는 여기에 비하면 마포 자루 같아."

철분이 많이 필요한 왕 선생님이 앉으시면서 체통도 잊고 한마디를 뱉어냈다.

"차는 뭐로 하시겠습니까? 산삼차와 토종 꿀차, 영지차, 20년
된 보이차, 홍차, 아라비아 원두커피가 있습니다. 그 이외에도
필요하신 음료는 바로 준비해 드리겠습니다."

어정쩡하게 앉지도 못하고 서 있는 아이들에게 다가가 친
절하게 미소를 건네는 의전 팀 누님들.

"홍차 주세요."

내 옆에 조심스럽게 조그만 엉덩이를 붙인 서예린이 제일
먼저 말했다.

"호호~ 차는 뭐니 뭐니 해도 산삼차가 제일 아니겠어요?
이 선생도 산삼차 마실 거죠?"

"아, 아니, 전 원두커피 한 잔 하고 싶어요."

늙은 노처녀 티를 팍팍 내는 왕 선생님과 달리 품격을 잃지
않는 이지혜 선생님.

누군지 몰라도 데리고 살 남자는 땡잡은 것이다.

'자식, 이제야 좀 떨리냐?'

공항 의전 귀빈실에 들어서는 순간부터 무언가 잘못되었
음을 알고 똥 마려운 강아지 표정을 짓고 있는 황성택.

아무 말도 못하고 한쪽 구석에 자기 똘마니들과 심각한 눈
빛을 주고받았다.

"강혁님, 어디 계십니까?"

'응?'

황성택의 일그러진 얼굴만큼 기분이 좋아진 나를 찾는 낯선 부름.

바바리코트를 걸친 사십대 초반의 날카로운 인상의 남자가 나를 찾았다.

"제가 강혁입니다."

"국정원 최병렬 과장입니다."

"네? 국, 국정원요?"

'뭐야? 웬 국정원?'

간첩 잡고 국익을 위하여 첩보에 매진할 국정원 직원의 등장은 나도 의외였다.

"혹시 생활하시면서 불편하신 게 있거나 필요하신 사항이 있으면 이리로 연락 주십시오."

동사무소 직원도 아니건만 친절한 미소와 명함을 건네는 최병렬 과장이라는 남자.

'크윽! 사부도 잘난 사부를 만나야 돼!'

대충 짐작이 갔다.

이 모든 일의 중심에 사부가 있다는 것을 말이다.

"하하! 불철주야 수고가 많으십니다. 다음에 연락 한번 드리겠습니다."

나타나 몸값을 올려주는 최 과장.

갑작스러운 국가의 보호에 신경이 살짝 쓰였지만 오늘은 나를 위한 나만의 날이었다.

"출국 심사가 모두 끝났습니다. 이제 탑승하시면 됩니다."

걷어간 여권을 단정한 나무 바구니에 담고 나타난 의전 팀 여직원 누나.

'그럼 이제 떠나볼까?'

어제저녁 아이들에게 큰소리를 떵떵 치고 집으로 돌아와 마르소 누나에게 부탁하였다.

내일 반 아이들과 놀러 갈 것이니 계절에 관계없이 수영할 수 있는 곳을 부탁한다고 말이다.

그리고 오늘 운명의 날은 열렸다.

"이, 이게 비행기야?"

"우리 집 거실보다 넓어!"

"어서 오십시오. 즐거운 여행 되시기를."

'이 여신들은 또 누구시더냐?'

전용 자가용인 A380에 타는 순간 입구에서 맞이하는 10여 명의 각국 미인들.

마르소 누나를 비롯하여 유럽 미인들과 일본, 한국의 여승무원들이 친절하게 아이들을 맞이하였다.

"미스터 혁, 오랜만이에요."

"하하! 마르소 누나, 안 보는 사이 더 예뻐지셨습니다."

"호호! 혁도 몇 달 사이에 늠름해졌는데요. 탐이 날 정도로
말이에요."

'헐, 탐씩이나.'

농담으로 꺼낸 말에 진담으로 응답하는 마르소 누나의 매
혹적인 푸른 눈동자.

모든 아이들이 내 입에서 능숙하게 튀어나오는 불어에 놀
라 바라보고 있었다.

"준비는?"

"기대해도 좋으실 겁니다, 혁~!"

'왜 혁는 꼬는 거지?'

그리 안 해도 프라이팬에 식용유를 두른 것 같은 프랑스 어
인데 거기에 더 혀를 굴리자 이것은 버터와 식용유가 만나 블
루스를 추는 것 같은 느낌이었다.

'크크, 자가용이라면 적어도 이 정도는 돼야지.'

내가 보기에도 엄청난 넓이를 자랑하는 A380. 비명 같은
탄성을 지르던 아이들도 어느새 입을 다물고 조용히 안으로
내 뒤를 따라 들어왔다.

그리고 이 순간부터 나는 왕이었다.

"와아~! 비행기가 떨리지도 않아요."

"이게 말로만 듣던 A380이란 말이지?"

'자식들, 촌스럽게…….'

아무리 대한그룹이 후원하는 대한고등학교라 해도 유럽 수학여행 당시 제공된 좌석은 이코노미.

열 몇 시간을 쉬지도 않고 비행기에 앉아 있던 아이들은 비행기에 대한 악몽을 꾸고 있었다.

그러나 이층 구조로 된 에어버스의 거대 동체는 수십 명 아이들을 삼키고도 티도 내지 않았다.

'자식, 꼬리를 팍 내렸군. 크크.'

감탄 중에도 나와 눈이 마주친 아이들은 눈동자를 반짝이며 나를 존경의 눈빛으로 보았다.

하지만 그 와중에서도 한쪽 구석에 찌그러져 인상만 팍팍 쓰고 있는 황성택.

제놈이 아무리 오성그룹의 회장 손자라 해도 이런 거대 비행기를 자가용으로 사용할 수는 없을 것이다.

"어때, 볼만하지?"

사악한 마음이 마음 한구석에서 착실하게 꼬리를 쳤다. 그 유혹에 넘어간 나는 황성택과 똘마니들에게 다가가 아는 체를 하였다.

"으드득."

'요놈 봐라?'

아직 이 정도에는 기가 죽지 않았는지 황성택은 이를 갈며 눈동자에 적의를 가득 품었다.

"어이, 충견들. 배고프면 저기 누님들에게 뭐 좀 달라고 해라. 하루 종일 신경 까칠한 주인 보필하기 힘들 거야."

'난 너무 착한 놈이야.'

내가 생각해도 이렇게 자상할 수가 없었다.

어떤 여자인지 몰라도 나와 사는 여자는 하나님께 땡큐를 연발해야 할 것이다.

"강… 혁… 네놈이……."

황성택이 한자 한자 내 이름을 불렀다.

"기대해. 진정한 돈질이 뭔가 보여주지. 흐흐흐."

돈으로 일어선 자 돈으로 패대기를 쳐야 정신을 차리는 법.

인생이 창창한 놈이 불쌍해서(?) 한 수 가르침을 남기는 이 선각자의 행동.

하늘은 이런 나를 위하여 복을 내리는 것이 분명했다.

"룰루~ 루루루루~"

절로 콧노래 소리가 흘러나왔다.

널찍한 비행기 안.

내 파라다이스에 초청된 아이들이 행복한 비명을 지르고 있었다.

"루앙?"

"샤리……."

"하하하하!"

'도대체 혁이의 정체가 뭐야?'

달콤한 키위 생과일주스를 마시며 예린은 고민에 빠졌다.

혁이를 위한 자리처럼 만들어진 특실 좌석에 앉아 지나가는 여승무원들과 다양한 언어로 의사소통을 하는 강혁.

지금껏 예린이가 알던 혁이 아닌 것 같았다.

태권도를 비롯해 검도도 수준급이고, 재즈 음악을 할 정도로 피아노와 음악에 재주도 뛰어난 강혁.

이번에는 언어적 능력으로 예린이를 놀라게 만들었다.

'적어도 다섯 개 국어 이상이야. 그것도 네이티브 발음으로 정확하게.'

승무원들과 농담을 주고받을 정도로 뛰어난 혁의 언어 능력.

그 모습을 바라보며 예린은 의혹이라는 수렁에 깊이 빠져들어갔다.

'그리고 이 비행기는 뭐야? 듣기로 유럽 에어버스 사에서 만든 차세대 여객기라 했는데, 왜 혁이 자가용처럼 사용하는 거야?'

수상한 점이 하나둘이 아니었다.

어릴 적부터 해외여행을 심심치 않게 다녔던 예린이었기에 공항의 의전 팀이 뭐 하는 곳인지, 그리고 이런 대형 비행기가 얼마나 비싼지 잘 알고 있었다.

'강혁, 너 누구니?'

예린의 마음속 질문.

그러나 혁은 대답하지 않았다.

그저 즐겁게 마시고 대화하며 이 시간을 즐기고 있을 뿐이었다.

"와아!"

"여, 여기가 정말 인간 세계야?"

논스톱으로 인천에서 몰디브의 말레국제공항에서 내려 50인승 비행기로 갈아타고 도착한 도나쿨리 섬의 니카니루라는 6성급 풀 리조트.

작은 섬 위에 자리 잡은 수십 개의 리조트의 그림 같은 방과, 발밑에 깔리는 진주 가루 같은 모래사장에 천국이 아니냐고 물어왔다.

'고마워요, 마르소 누님. 호호.'

무슨 까닭인지 이곳까지 마르소 누님이 따라왔다.

"혁아, 나 완전 행복해."

아이들도 아니건만 두 손을 꼭 잡고 감격에 빠진 왕선녀 선생님.

"흑흑, 꿈에 그리던 신혼여행지가 바로 이런 곳이야! 아! 바다야, 내가 왔노라!"

눈물을 흘리고 두 팔을 벌리며 산호초가 손짓하는 바다로 뛰어들어 갔다.

"레이디 마르소."

"미스터 혁, 불렀어요?"

'꿀꺽.'

170㎝ 이상의 늘씬한 키에 걸치나마나 한 초미니를 착용하고 큼지막한 가슴의 굴곡이 훤히 보이는 민소매 티를 걸친 마르소가 황금 미소를 지으며 나의 부름에 대답했다.

'죽인다. 그냥 죽여.'

무슨 말이 더 필요하겠는가.

신토불이 여인들과 달리 관능미를 중시하는 프랑스산 누님의 육감적인 몸매.

마른침이 넘어가지 않는다면 고자 친구거나 호모일 것이다.

"혹시 이곳도……."

"호호, 맞습니다. 그룹 차원의 투자처 중에 한곳입니다. 이곳 말고도 피지나 발리, 하와이, 호주 등등 세계 유명한 모든 여행지에 그룹 관계 회사가 투자하고 있습니다."

'…대단하다.'

더 말해서 뭐 할까.

아마도 건달 사부도 자기 재산이 얼마나 세계에 굴러다니는지 모를 것이다.

"환영합니다~!"

띠디딩~ 띠디디디딩~

갑작스럽게 경쾌한 음악이 흘러나오며 수십 명의 호텔 직원들이 꽃다발을 들고 나타났다.

그리고 나와 아이들을 열렬히 맞이하였다.

'그럼 이제 즐겨볼까?'

아이들 앞에서 당당하지만 어찌 내가 이런 꿈같은 일을 경험해 보았을까.

그러나 나는 당당해야 했다.

촌놈 대장만을 믿고 등 뒤에 늘어선 사랑스러운 아이들이 줄지어 서 있었기에.

Chapter 07
엿이나 드세요!

21
세기
대마법사

"캬아~!'

리조트 밑으로 흐르는 투명한 맑고 깨끗한 지중해의 코발트 물결.

시원한 꽃무늬 반바지로 갈아입고 그늘진 곳에 놓인 긴 의자에 앉아 마시는 열대 생과일주스.

바다를 보고 이성이 가출한 왕선녀 선생님 덕분에 잠시 소란스러웠지만 이내 우리들은 자신과 마음이 맞는 아이들과 함께 리조트의 방을 하나씩 차지하였다.

그리고 온갖 해산물로 만들어진 지중해식 요리를 점심으

로 맛보고 느긋한 오후를 맞이하였다.

'이런 것이 신선놀음이지, 부러울 게 무어겠노.'

꿈에서 그리던 이상적인 휴식.

뜨겁지만 끈적거리지 않는 태양 빛 아래 푸르러 보기가 아까운 바다를 두고, 천하의 미녀들을 끼고 즐기는 젊은 청춘.

돈은 썩어날 정도로 많지만 지하 마탑에 처박혀 TV나 껄껄거리며 보고 있는 스승님이 하나도 부럽지 않았다.

아무리 8서클 마법사면 뭐 하겠는가.

나는 하나도 부럽지 않았다.

마법에 미쳐 인생의 꽃마차인 질풍노도의 청춘 시기를 타 보지도 못한 인생이 말이다.

"호호호!"

"까르르르! 하, 하지 마!"

'흐흐, 다들 수영장으로 납시었군.'

6성급 호텔답게 시설 면에서는 세계 일류 호텔 부럽지 않았다.

스파, 사우나, 수영장, 뷔페, 레스토랑, 바, 요가, 휘트니스, 도서관 등등 없는 게 없었다.

더욱이 모든 시설을 무제한 이용할 수 있는 권리.

아이들은 이제 팔팔한 청춘들답게 점심을 먹고 쉬지 않고서 수영복으로 갈아입고 수영장으로 모여들었다.

'한번 가볼까?'

무슨 까닭인지 마르소가 내 방은 스위트룸 독실로 준비하였다.

'예린이도 있겠지. 그리고… 이 선생님도. 흐흐흐.'

생각만 해도 가슴 뜨거워지는 두 여인의 예술적인 몸매.

마른침을 삼키며 야외 수영장으로 향하였다.

"헉~!"

'으헉!'

수영장으로 향하는 나를 부르는 비음 섞인 여인의 목소리.

'크으! 저게 사람 몸매야?'

비너스 석고상의 잘록한 S라인은 절구통 소리를 들어도 이의를 제기하지 못할 이기적인 여인의 몸뚱이.

젖소부인도 눈물지으며 지존 소리를 내야 할 큼지막하지만 절대 풍요의 가슴이 하얀색 끈 두 개로 아슬아슬하게 중요 부위를 가리고 있었고, 백옥 같은 피부 아래 드러난 잘록하다 못해 보기만 해도 안타까운 가느다란 개미 사촌 허리.

그 아래 자리 잡은 고속도로처럼 쭉쭉 빠진 다리와 팬티라 부르기에 모자람없는 끈으로 묶인 수영복.

'마르소 누님, 왜 이 청춘을 심마에 빠지게 만드나이까!'

30년 면벽 수련을 쌓아 곧 해탈할 도인이라 해도 막걸리 한 잔하자고 청할 정도로 완벽한 미의 여신의 재림처럼 나타난 마르소.

입가에 머금고 있는 묘한 미소는 활활 타는 내 심장에 휘발유 구유기로 난사하고 있었다.

"하, 하하, 마르소."

어색하게 미소를 지으며 눈동자는 바쁘게 움직였다.

"혁, 오늘 저녁에 시간 있으세요?"

"네? 저, 저녁에요?"

'누님, 왜 그러세요. 크으, 시간이야 넘치고도 많지요.'

"글쎄요. 아이들과 캠프파이어도 해야 하고, 또⋯⋯."

마음과 달리 뱉어지는 말들은 반거부의 음성.

만약 마르소가 저녁에도 이리 나온다면 자신없었다.

나도 이제는 분가할 정도로 자란 한 마리 거친 표범이었다.

"호호, 기다릴게요. 밤을 새워서라도⋯⋯."

묘한 여운이 담긴 말을 남기며 마르소는 윙크를 찡긋 날렸다.

'심장 터지겠군. 아나⋯⋯.'

그리 안 해도 소피 마르소를 닮은 미모 때문에 볼 때마다 가슴이 벌렁벌렁하건만 마르소는 노골적으로 날 유혹했다.

'크으! 뭔 엉덩이가 저리 탐스럽다더냐!'

윙크를 남기고 바닷가로 향하는 마르소의 뒷모습.

그녀의 터질 듯 **빵빵한** 엉덩이가 씰룩거릴 때마다 얼굴의 살점들도 같이 씰룩거렸다.

'동해물과 백두산이 마르고 닳도록……'

그리고 나는 애국가를 불렀다.

뜨거운 심장을 식혀주는 데는 애국가만 한 것이 없다는 것을 알 만한 수컷들은 다 알고 있을 것이다.

"호호, 시원해!"

"너무 좋아! 좋아서 죽을 거 같아!"

살랑거리며 불어오는 지중해의 바람이 기다란 야자수 잎을 간질이며 스쳐 지나갔고, 나무 아래 곳곳에 자리 잡은 선녀들은 나무꾼의 방문도 모르고 물 장난질에 여념이 없었다.

'혜진이가 저런 몸매라니! 오오, 주희의 몸에서 저런 광채가!'

솔직히 예린과 이지혜 선생님 말고는 우리 반 여자 아이들에게 기대하지 않았다.

그러나 물속에서 갓 잡아 올린 인어처럼 팔딱거리는 여자아이 몇몇은 충분히 나를 즐겁게 해주기에 부족함이 없었다.

'역시!'

그리고 나는 나의 기대에 어긋나지 않는 두 여인을 발견하고 고개를 끄덕였다.

언제 친해졌는지 사이좋게 기다란 의자 위에 누워 선탠을 즐기고 있는 두 여인.

나와의 거리는 약 10미터.

먼 거리를 살필 수 있는 매직 아이 마법이 아니더라도 충분히 두 여인의 모든 것을 머릿속에 저장할 수 있었다.

'죽, 죽인다.'

'어제 결혼했어요' 라는 프로그램에 나오는 모르코라는 청년이 아내인 송담비를 볼 때마다 뱉어내는 죽인다는 말.

감탄사가 정말 때깔나게 맛있었다.

눈을 한없이 즐겁게 해주고 영혼까지 뜨겁게 만드는 여인에 대한 지극한 탄사.

마르소보다는 빈약했지만 살짝 다리를 구부리고 누워 있는 두 여인의 부드럽기 그지없는 몸매의 실루엣을 표현한 적합 단어는 오직 하나.

'죽인다' 라는 단어밖에 없었다.

마르소의 몸매가 안젤리나 졸리 같은 외국산 몸매라면 두 여인은 그보다 살짝 빈약하지만 보는 이로 하여금 동양의 아름다움이 이렇다는 것을 확실히 보여줄 수 있는 팔등신의 미인도였다.

심장 약한 남자들은 보고 죽을 수도 있을 정도로 말이다.

'내 선택은 탁월했어!'

모름지기 여행이란 몸과 마음의 피곤함을 싹 날리려는 것이 목적.

황성택을 찍어 누르기 위한 예기치 않은 돌발적인 여행이 었지만 선택만큼은 아주 훌륭했다.

꿩도 잡고 알도 줍고, 일석이조라는 말이 이런 때를 위해 존재하는 것이었다.

"혁아, 뭐 해?"

'오잉?'

등 뒤에서 들려오는 친근한 목소리.

불길한 예감에 고개를 살짝 돌렸다.

"으헉!"

'맙소사! 신이시여!'

사랑하는 여인과 상쾌하기 그지없는 해변을 거닐다 날아 가는 잡새의 똥을 눈두덩에 맞은 기분이 이러하던가.

민망해서 눈을 어디다 둘 곳이 없었다.

"왜, 왜 그래? 뭐 묻었어?"

웬만하면 터지지 않을 나의 비명에 놀란 왕선녀 선생님.

얼마나 바닷가에서 놀았으면 떡칠 화장이 다 벗겨졌고, 그 리고 드러난 쌩얼.

'크으, 신이시여! 왜 나에게 이런 시련을 주시나이까!'

애국가의 딱 백배쯤 더 내 마음을 식히다 못해 얼려 버리는 무식한 빙계 마법이 보는 것만으로도 펼쳐졌다.

마르소와 예린, 이지혜 선생님을 보면서 품었던 아름다웠던 기억들이 못된 바이러스에 포맷되어 버렸다.

6등신도 안 되는 5등신의 저렴한 비율의 몸매.

긴 머리는 기대도 하지 않았다. 하지만 바닷가에서 미역을 캤는지 곱실거리는 떡 진 머리에 붙은 해초 한 점.

그 아래 드러난 쌩얼의 공포는 어떠하던가.

학교에서는 그래도 이 정도는 아니었다. 그래도 양심은 있는지 매일 화장으로 떡메를 쳐서 돌아다녔기에 그럭저럭 봐줄 만하였다.

그런데 작열하는 지중해의 태양 아래 드러난 얼굴은 과장 좀 보태서 눈을 꺼내 깨끗한 물에 씻어내고 싶었다.

'눈썹은 어디 간 거야? 그리고 저 깨밭의 정체는 무엇이란 말인가?'

신혼여행지에서 아내가 목욕을 하고 나오면 비명을 지르고 내 와이프 어디 있냐고 묻는다는 이야기가 전설인 줄만 알았다.

지금껏 단 한 번도 상상하지 못한 왕선녀 선생님의 얼굴은 그 정도로 나에게는 충격이었다.

여자에 대한 환상이 저 멀리 아프리카로 이민 갈 정도로 말이다.

'신이시여, 왜 나에게 행복과 불행을 동시에 허락하나이까.'

애도 낳지 않았건만 ET 사촌동생쯤 되는 똥배를 거침없이 수영복 위로 드러내고 나를 향해 나름대로 고혹적인(?) 여인의 자태를 취하는 선생님의 모습에 눈을 질끈 감아버렸다.

더 이상 바라보았다가는 학교에 다닐 수 없을 정도로 정신적 데미지가 만땅이었다.

"혁아, 왜 그래? 어디 아파?"

'으허헉!'

대답없이 눈을 감아버리자 검은 마수가 내 이마로 뻗어오는 것이 느껴졌다.

'당할 수 없다! 어떻게 지켜온 순결인데!'

내 품에 바짝 느껴져 오는 온기에 정신이 번쩍 들었다.

"아! 더, 덥다!"

타다다닥!

선생님의 손길과 나의 육신이 접촉하려는 위기의 순간, 그대로 몸을 돌려 수영장 위로 몸을 날렸다.

머릿속에 샘솟듯 떠오르는 피똥 싸는 마법 공식을 애써 지워가면서……

"어, 어라? 이거 왜 이래?"

매일 갈궈도 질리지 않는 제자를 고국에 돌려보내고 하릴없이 세계 각국의 바보상자를 보며 허송세월을 보내던 이계

대마법사 아이달.

오랜만에(?) 지하에 내려가 마법진 이상 유무를 살피던 그는 놀라 말을 더듬거렸다.

"마나가 터진다, 터져!"

적어도 뛰어난 제자가 마법을 적용할 수 있는 1년 동안은 끄떡없을 줄 알았던 차원 이동 마법진의 마나가 요동치고 있었다.

차원을 이동하기 위하여 심혈을 기울여 제작하고 모아놓은 엄청난 마나였기에 터진다면 마탑을 비롯하여 인근 수백여 킬로 안은 불바다가 될 것이 자명하였다.

"혁아, 미안하다. 한참 재미있게 놀고 있을 것이건만. 흑흑! 이 사부가 너를 사랑하는 마음은 절대 잊지 말거라."

혁이 사용하는 모든 카드 내역과 일상생활은 마법사 아이달에게 속속들이 보고되었다.

주는 떡이라고 날름날름 잘도 받아 자기 것처럼 사용하는 제자의 뛰어난 적응력에 아이달은 감탄하였다.

어차피 지구에서 번 돈은 혁이 매일매일 수백억씩 써도 마르지 않을 정도로 순환 출자가 되어 있었다.

그렇지만 나이도 어린 놈이 수백, 수천, 이제는 수억 단위를 반 아이들에게 자랑하기 위하여 사용하는 모습에 기가 찼다.

사부라는 작자의 소식이 궁금하면 그룹에서 파견한 여직

원에게 물었을 텐데, 제자라는 작자는 사부에 대하여 싹 기억을 지워 버린 것 같았다.

그리고 지금 자신이 누리는 쾌락의 대가가 어떠한지를 모르고 제자는 환락을 즐기고 있었다.

"루루~ 루루루~ 왜 이리 즐겁노~ 흐흐흐."

자신이 젊었을 때 즐기지 못한, 여한 없는 인생을 보내는 제자를 볼 때마다 배가 사르르 아파왔던 아이달.

마법진의 마나가 꿈틀댈 때마다 100년 묵은 체증이 쑤욱 내려가는 시원한 즐거움을 맛보았다.

"노세~ 노세~ 젊어서 노세~ 늙어지면 못 노나니~"

수십 년 전 코리아 여행 중에 들었던, 묘하게 자신의 후회 많은 젊은 날을 회상하게 만드는 노래를 흥얼거리며 아이달은 바쁘게 손을 움직였다.

사부의 은혜를 모르는 네가지 없는 제자의 미래를 축복하면서.

"도나쿨리 섬은 갈 수 없습니다. 이미 그곳에는 예약하신 손님이… 헉!"

몰디브의 휴양지 도나쿨리 섬에 있는 니카니르 리조트에 개인 손님을 모셔다 주는 수상비행기 조종사 라이반은 가슴에 겨누어진 총구에 숨을 멈췄다.

"심장에 구멍 뚫리는 소리 듣고 싶지 않으면 출발해. 두 번 말하게 하지 말고."

"아, 알겠습니다."

갑작스럽게 자신을 찾아와 다짜고짜 니카니르 리조트에 데려 달라는 동양인 세 사람.

몸에서 풍겨 나오는 비릿한 냄새가 범상치 않은 자들임을 말해주었다.

특히 이마에 화상 자국 같은 큼직한 흉터가 있는 자는 말도 꺼내지 못할 정도로 차가운 기운이 느껴졌다.

"혁아, 너무 아름다워!"

지중해의 석양을 보지 않고는 석양의 아름다움을 논하지 말라고 했던가.

푸른 산호들도 잠을 자는지 붉은 태양 빛에 에메랄드 빛 바다는 시간이라는 마법 가루를 먹고 붉은 루비가 되어 반짝였다.

그렇게 붉은 석양과 바다를 배경 삼아 아무렇지 않게 내 손을 꼭 잡은 예린의 따스한 손길을 만끽하며 나는 천사와 백사장을 거닐었다.

'예린아, 넌 아름답더냐, 난 숨이 막힌단다.'

왕선녀 선샌님 덕분에 수영장에 뛰어든 나는 쉬고 있던 예린이와 이 선생님을 끌어내어 즐거운 한때를 보냈다.

물놀이라는 핑계로 내 손길은 거침없이 예린이와 이 선생님의 매끄러운 피부를 원없이 감상할 수 있었다.

그리고 찾아온 저녁.

몇 시간을 물장난하며 놀던 아이들이 방으로 휴식을 취하러 들어갔고, 바다를 거닐자는 내 부탁에 예린은 미소로 응답하며 따라왔다.

"꿈만 같아. 사춘기 때부터 그리던 신혼여행이 이런 기분이겠구나 싶어."

'신, 신혼여행!'

심장이 신혼여행이라는 말을 듣자마자 미친 망아지마냥 두근두근 날뛰었다.

신혼여행 하면 생각나는 것이 무엇이겠는가?

사랑하는 이와 함께하는 짧고도 긴 첫날밤.

아름다운 여행지에서 맞이하는 저녁.

달아오른 피 같은 와인을 마시며 서로를 바라보는 감미로운 시선.

그리고 찾아오는 운명의 시간.

요즘은 다 생략하고 돈 봉투부터 센다는 말이 있지만 어찌 그런 무식한 일로 평생 한 번 있을 신혼여행을 망칠 수 있겠는가.

"혁이… 네가 내 옆에 있어서… 더 좋아."

'크옥! 예린아!'

눈물이 앞을 가린다는 말은 이런 때 사용하는 것이리라.

세상 무서울 것 없는 미모를 소유한 마음 착한 천사로부터 고백받는 이 시간.

이제 부러울 놈은 아무도 없었다.

꿀꺽.

어느새 멈춰진 발걸음.

반쯤 바다에 걸려 바둥거리는 석양을 배경으로 나와 예린은 서로의 눈동자를 응시하였다.

"예린… 아."

"으… 웅."

가르쳐 주지 않아도 어찌 모르겠는가.

잡고 있던 예린의 손을 두 손으로 모아 가슴 부근까지 천천히 당겨 올렸다.

"보고 싶었어."

"……?"

갑자기 보고 싶었다는 말에 흑진주가 박혀 있는 커다란 눈동자를 깜빡거리는 예린.

"그거 아니? 넌 보고 있어도 보고 싶은 사람이야."

"……."

나조차도 놀랄 수밖에 없는 식용유와 버터, 그리고 참기름까지 섞여 있는 단어들의 매끄러운 조합.

　예린의 볼은 그 순간 태양을 머금고 천천히 사과 빛으로 붉어졌다.

　"예린… 아."

　조용히 천사의 이름을 불렀다.

　그리고 조금씩 거칠어지는 숨결.

　천천히 예린의 얼굴에 내 얼굴이 자석처럼 달라붙어 갔다.

　아니, 피를 갈구하는 드라큘라 백작의 마음처럼 예린의 붉은 입술에 나도 모르게 입술이 이끌려 갔다.

　'어무이!'

　17년 동안 상상만 해온 첫 키스.

　어느 시 구절의 날카로운 첫 키스의 추억이라는 말처럼 묘지에 누워서도 흐뭇하게 기억할 운명의 타임.

　어느새 예린의 눈은 거짓말처럼 감겨 파르르 속눈썹을 떨었다.

　무언의 승낙.

　조금 전부터 빨라졌던 심장은 빨래방망이로 두들겨 패는 것처럼 심장 벽을 난타하였다.

　'조금만 더… 조금만 더!'

　고지를 점령해야 하는 병사의 거친 숨결이 내 숨결에서 뱉어져 나왔다.

그리고 예린의 앵두 같은 도톰한 입술과 불과 몇 센티를 남겨놓은 상황.

이제 눈 질끈 감고 입술을 밀어붙이면 게임 끝이었다.

'이, 이건⋯⋯.'

그 순간 환희로 물들어가던 온몸에 느껴지는 전율.

'하필 이럴 때!'

엄마와 여자 친구가 물에 빠졌을 때와 같은 난처함에 온몸이 부들부들 떨렸다.

이제 밥이 다 돼서 숟가락만 들이밀면 끝이었건만, 하필 찾아온 깨달음.

3서클 마법을 다 펼쳐 보지도 못했건만 갑자기 밀려드는 환희와 기대감은 4서클 깨달음을 안겨주었다.

사부에게 듣기로 마법사들이 서클의 장벽을 넘는 것은 알몸으로 에베레스트 정복하는 것보다 딱 반쯤 어렵다 하였건만 나에게는 그런 장벽 따위는 없는 것 같았다.

무언가 심장에서 꿈틀거리더니 서클이 새로운 장벽을 벗어나려 하였다.

하지만 결단을 내려야 했다.

언제 찾아올지 모르는 깨달음을 따라 마나의 세계에 빠져들든지, 아니면 예린과 아낌없이 이 시간을 불태워 버리든지 말이다.

'이런 가혹함이라니!!'

짧은 순간이 아니었기에 예린도 이상함을 느끼고 있었다.

손에서 느껴지는 예린의 체온이 싸늘히 식어가는 순간.

'에라, 모르겠다!'

나는 결정을 내리고 예린의 입술에 입술을 밀어붙였다.

쪽!

맑고 경쾌하게 울리는 입맞춤.

"예, 예린아, 미안."

입술에 닿는 감촉에 화들짝 놀라고 있는 예린에게 미안하다는 말을 남기고 뒤도 돌아보지 않고 아무도 없는 곳으로 달려갔다.

타다다닥!

뒤도 돌아보지 않고 달렸다.

'에라이, 저주받을 마법사의 운명이여!'

나는 선택해 버렸다.

예린과 쭈욱 이어질 탄탄대로의 미래보다는 마법사로의 깨달음을 말이다.

'흑흑……'

눈물이 앞을 가렸다.

하지만 멈추지 않았다.

깨달음의 기회는 어린 도깨비가 주는 들쑥날쑥한 선물이었기에.

위이이이잉.

'헛!'

찾아온 깨달음을 놓치지 않기 위하여 어둠이 물들어가는 숲 속으로 들어갔다.

3서클도 아니고 4서클에 이르는 순간.

마나 배수의 법칙에 따라 4서클에 이르는 순간 강렬한 파장이 일어날 것이다.

그리고 조용한 숲에 가부좌를 하고 사부가 알려준 연공법대로 숨을 돌리며 마나를 빨아들이자 가슴에서 서클이 요동쳤다.

3서클에 이르렀을 때와는 비교할 수 없는 강렬한 느낌.

더욱이 상단전과 하단전에 자리 잡은 마나가 같이 움직였기에 서클이 새로 생성되는 느낌은 심장이 부서지는 충격으로 다가왔다.

'크으! 이, 이겨내야 해!'

서클 완성 중에 낯선 고통에 마나가 흐트러져 폐인이 된 자들도 있다 들었다.

이를 악물고 연공법의 구절대로 마나를 유동시켜 갔다.

'아!'

그러던 어느 순간 우주가 팽창하듯 심장에 자리 잡은 서클이 쑤욱 확장하였다.

뱀이 허물을 벗고 더 큰 몸뚱어리로 갈아타듯이 아직 적응도 안 된 3서클의 서클이 온몸으로 확장하였다.

위잉, 위이이이잉.

그러더니 어느 순간 심장에 다시 응축되는 것이 아니라 허리 부근에서 띠를 형성하는 것이 아닌가!

'이건 뭐야!'

사부라도 있다면 속 시원하게 물을 수도 있겠지만 보도 듣도 못한 현상에 깜짝 놀랐다.

'맞아. 사부도 내가 수련하는 마나 연공법은 처음이라 했지?'

청해 도인이 건네준 도가 계열의 내공심법과 자신만의 마나 연공법을 합성하여 새로이 창조한 마나 연공법.

사부도 알 턱이 없었다.

'이, 이래도 되는 거야?'

고통 뒤에 찾아온 평안함과 의문.

심장 부근이 아닌 허리 부근에서 토성의 띠처럼 네 줄의 선명하게 느껴지는 서클의 느낌에 당혹스러웠다.

'나 4서클 마법사가 맞는 거야?'

아니, 의문이 들었다.

괜히 요상하게 자리 잡은 서클 때문에 마법을 펼치다 폭사하는 것은 아닌지 말이다.

'그럼 일단 가볍게 1서클 마법부터……'

차를 타고 가다 교량도 무너지는 세상. 시멘트 다리도 두들겨 가는 심정으로 시동어 없이 펼칠 수 있는 1서클 마법을 생각했다.

"라이트!"

화악!

"오오! 좋아! 바로 이거야!"

가벼운 영창과 함께 숲 속에 밝혀지는 서치라이트 정도 밝기의 라이트 마법.

3서클에서 펼쳤을 때보다 마나가 빠져나가는 느낌이 미약하였고, 마나 자체도 안정되어 있었다.

"그럼……"

내친김에 확인하고 싶었다. 밥값이 아닌 보너스까지 두둑이 받을 수 있는 4서클 마법사로서의 위력.

"파이어 볼!"

머릿속에 그려지는 마법 영상과 의지, 그리고 서클 안의 마나와 대지의 마나가 합쳐지는 광경.

화르르르르르르르르르.

"으으으으으으으으으으으!!"

5미터 정도 떨어진 공간 중에 두둥실 떠올라 자전거 바퀴만 한 크기의 붉은 마법 불덩어리.

전력을 다한 마나 투입이 아니었건만 지금껏 내가 생성한 파이어 볼 중에서 가장 컸다.

'흐흐, 멧돼지가 아니라 멧돼지 할아버지라 해도 두렵지 않다! 움하하하하!'

마법사로서 깨달음을 얻는 즐거움이 바로 이런 것이 아니겠는가.

비록 지금은 그 누구도 알아주지 않는 나만의 행복감이었지만 나는 그래도 좋았다.

불과 몇 달 전까지만 해도 아무것도 모르던 일개 고삐리가 4서클 마법사가 되었다는 성취감.

그 무엇과도 바꾸고 싶지 않은 엄청난 쾌감이었다.

'…예린이는 갔을까?'

갑자기 생각나는 예린이의 붉은 입술.

4서클을 이루자 자꾸만 아쉬움이 더하였다.

'그래, 이번만 기회인가. 예린이는 언제라도 내 곁에 있을 수 있지만, 떠나간 깨달음은 다시 돌아오지 않아!'

독하지 않으면 서서 오줌 쌀 자격이 없다 하였다.

밀려오는 아쉬움 속에서 나름대로 위안을 삼았다.

'그럼 다음은… 흐흐흐!'

4서클 마법부터 다양한 공격, 방어 마법, 그리고 여러 가지 일상생활 마법을 사용할 수 있었다.

아직 시도해 보지 않았지만 사부가 무언가 수작을 부린 까닭인지 머릿속에서 4서클 마법 공식들이 서로 자기가 먼저 세상에 나가겠다고 맞짱(?)을 뜨고 난리였다.

'슬리핑 마법은, <u>흐흐흐</u>, 거기에다가 바인딩 마법까지. 흐<u>흐흐</u>.'

갑자기 몰려드는 불건전한 이성 교제에 대한 마법적 상상력.

'아니야. 못난 놈들이나 그런 치졸한 방법을 생각하는 거야.'

고개를 저으며 남자답지 못한 마법적 사용을 떨쳐 냈다.

'이상하네. 그런데 왜 자꾸 여자만 생각하면 슬리핑, 바인딩, 사일런스, 참 마법 같은 조합이 떠오르지? 난 한 번도 펼쳐 본 적이 없는데?'

익숙하지 않은 마법의 조합, 아니, 한 번도 상상해 보지 못한 마법 수식들이 여자만 생각하면 꼬리에 꼬리를 물고 이어졌다.

마치 누군가 기억 속에 심어놓은 것처럼 말이다.

'난 변태 건달 사부가 아니야!'

이백 살이나 먹도록 회춘의 꿈을 못 버린 사부의 얼굴이 작업용(?) 마법과 함께 떠올랐다.

'으으, 소금이나 한 주먹 뿌려야지.'

아무리 돈 때문에 사부를 용서했다지만 생각만 하면 등골이 오싹했다.

지금도 어딘가에서 나를 감시하고 있는 듯한 착각이 들면서 말이다.

'돌아가면 용한 무당 불러서 살풀이 한번 해야지. 생각날 때마다 소름이 돋네.'

간달프 닮은 선한 얼굴 속에 감춰진 왕변태, 똘아이, 폭력배 건달 사부.

생각만으로 오한이 들었다.

'흐흐, 어느새 밤이 되었네?'

사부에 대한 생각을 떨치자 눈에 들어온 주변 풍경.

어느새 태양은 사라지고 풍만한 호떡을 닮은 보름달이 두둥실 하늘에 외로이 떠 있었다.

'마르소… 진짜 나 기다리는 거야?'

그리고 생각나는 낮에 보았던 한 장면.

나올 데는 더 나오고 들어갈 데는 아낌없이 들어가 주었던 신이 내린 축복 같은 몸매를 소유한 마르소의 뜨거운 눈빛이 떠올랐다.

'왜 이리 즐겁노~! 노세~ 노세~ 젊어서 노세~ 늙어나면 사부 꼴 나니~'

콧노래가 절로 흥얼거렸다.

'플라이 마법! 그래, 한번 날아가 보는 거야!'

예습도 중요하지만 복습도 중요한 것이 공부의 법칙.

4서클 플라이 마법을 펼쳐 보고자 서클을 활성화시켰다.

서클 마법의 중심은 마나와 의지력.

수학이나 물리 법칙이 포함되어 있는 마법 공식은 그 이외에 마법진과 여러 가지 실험을 위하여 필요한 존재였다.

'라라라라라~'

생각만으로 머리에 떠오르는 마법의 발현 법칙.

이상하게 허리 주변에 만들어진 서클이었지만 이상없음이 확인되었기에 기분 좋은 마음으로 정신을 집중했다.

'어? 이, 이건 뭐야?'

마나가 활성화되고 이제 시동어를 연결해 대기의 마나와 나의 마나를 결합시키면 되는 순간,

갑자기 수풀 너머에서 낯선 기운이 느껴졌다.

'살, 살기?'

예전 나를 잡아먹으려 달려들던 멧돼지가 풍겼던 것과 유사한 기운이 감지되었다.

피부를 바늘로 콕콕 찌르는 듯한 묘한 긴장감이 배어 나오게 만드는 기운이었다.

'두 명, 아니, 세 명? 왜 나를?'

예전 같았다면 그냥 무심코 지나갈 상황이었지만 무언가

불길하고 끈적거리는 기분에 몸이 저절로 긴장했다.

마나를 품게 되면 많은 변화가 있을 것이라는 사부의 말이 떠올랐다.

'황성택과 그 똘마니? 아니야. 강아지들이 만들어내는 포스가 아니야.'

마법을 배우기 전에도 한주먹거리도 안 되는 것들이 이런 날카로운 기세를 뿜어낼 수 없었다.

긴장감을 높이며 차분하게 마음을 다스렸다.

태권도를 배울 당시 나를 가르쳤던 정 관장님은 대한민국 실전 태권도계의 일인자였다.

그런 분에게 엄격하게 사사했기에 긴장된 순간에도 마음의 평정을 잃지 않았다.

'거리는 약 10미터. 작심하고 다가오는군.'

어떻게 이곳에 내가 있음을 알아냈는지 모르지만 살기를 뿌리는 자들은 나를 향해 정확히 다가왔다.

'마법이 필요하겠지.'

이 정도 거리에서 살기를 느낄 수 있는 자들이라면 무언가 한가락 실력이 있는 자들이 분명했다.

그런 자들과 싸움이 붙는다면 위험해질 수 있었다.

'라이트닝이 좋겠지. 언제든지 마법사는 자신의 최고 공격 마법과 방어 마법 하나쯤은 메모라이즈해 두라는 말이 이런

때를 두고 한 말이었군.'

사부가 중얼거리며 스치듯 나에게 충고를 한 적이 많았다.

그 당시에는 대수롭지 않게 생각했지만 생각해 보면 모두 다 마법사에게 반드시 필요한 조언들이었다.

4서클에 올랐고 내가 아무리 마법 공식을 생각만 해도 떠오르는 천재라 할지라도 매일 죽도록 수련했던 마법사의 숙련도와는 비교할 수 없을 것이다.

숟가락 드는 법을 이제 배운 꼬마와 매일 숟가락을 사용해서 밥을 먹었던 어른과의 차이쯤이었다.

'아깝다. 조금만 더 시간이 있었다면 4서클 마법을 메모라이즈할 수 있겠는데.'

3서클 마법은 마음의 준비를 하고 머릿속에 각인시켜 놓으면 어느 정도 발현이 되었지만 4서클은 이제 갓 올라간 경지.

더군다나 한 번도 펼쳐 보지 못한 4서클 마법이었기에 다가오는 위험에 아쉬움이 더했다.

투둑.

그리고 놈들이 등장했다.

편해 보이는 검은색 정장을 착용한 세 명의 남자.

짐작했던 대로 놈들은 쌈질로 밥을 먹고사는 놈들이 분명했다.

"네놈이 그 미친 노인네의 새로운 제자구나. 크크크."

'중국인? 나를 알아?'

마빡에 먹다 만 껌을 강력 본드로 접착한 것처럼 흉측한 흉터가 있는 남자가 광동식 사투리로 지껄였다.

"댁들은 누구요?"

능숙하게 북경식 정통 발음으로 응대했다.

"호오, 대국어를 할 수 있단 말이더냐? 역시 늙은이가 제자로 삼을 만하군. 크크크."

'늙은이의 제자? 건달프 사부를 안단 말인가?'

세상에 자신을 아는 존재는 없을 거라고 호언장담하던 건달프 사부. 이백 살을 살더니 치매기가 있는 것이 분명했다.

나를 정확히 지목해서 늙은이의 제자라 칭하는 상태 안 좋아 보이는 중국 깡패.

'똥 밟았군.'

성격 안 좋은 노인네와 풀지 못한 과거가 짱깨 깡패의 이글거리는 눈동자에서 느껴졌다.

"늙은이가 누구요?"

시치미를 떼고 물었다.

"크크. 아이달 그 늙은이가 말해주지 않았더냐. 네놈 위에 사형이 한 분 있다는 것을 말이야."

"사, 사형? 그럼……?"

아이달이라는 사부 이름과 나에게 사형이라 불릴 수 있는 자격은 오직 하나.

'마법사다!'

긴장감을 잘 참아내던 심장이 두근두근 요동쳤다.

사부 이외에 처음으로 마주치게 된 중국산 깡패 마법사.

성질 더러워 보이는 인상으로 보아 아이딜 사부 취향이었다.

'아나, 도대체 인생에 도움이 안 돼요.'

한눈에 봐도 타고난 쌈꾼들이 분명한 자들이 사부에게 원한을 품고 나를 찾아왔음이 느껴졌다.

더욱이 마법을 알고 있는 사형이라는 존재.

건달프 사부를 불러서 따지고 싶은 마음이 굴뚝같았다.

"사형, 그런데 왜 이런 곳까지 찾아오셨습니까? 미리 오실 때 전화라도 했으면 마중이라도 나갔을 텐데. 하하하!"

혹시나 기대하는 심정으로 농담을 살짝 던졌다.

"재롱 한번 부려봐라, 꼬맹아. 날 실망시킨다면… 시체를 상어 밥으로 만들어 버릴 테니까. 흐흐흐."

그러나 돌아온 대답은 역시나.

'단무지도 안 주는 삭막한 중국 자장면 같은 짱깨새끼 같으니라고. 죽음은 기본이고 옵션이 온전한 시체 보전이냐! 썩을 놈!'

죽이기로 마음을 먹은 놈의 살의가 어느새 차가워진 밤바람을 타고 내 곁에 머물렀다.

"죽여라."

"존명!"

죽이라는 말에 절도있는 깍두기 식으로 목을 숙인 두 마리의 광견.

'헐! 저, 저거 칼 아니야?'

어느새 횟집용 식칼을 닮은 50센티 정도의 롱 사시미가 달빛을 받아 살벌하게 빛나고 있었다.

'이 새끼들, 존나 비겁하게!'

이를 악물고 희미하게 미소를 짓는 중국산 깡패들.

마음속에서 절절한 외침이 터져 나왔다.

'난 중국산이 세상에서 제일 싫어요!' 라고 말이다.

'몇 달 동안 같이 있었다 하던데 이 마나의 기운은 무엇이란 말인가.'

놈을 찾아 리조트로 들어가던 중 갑자기 느껴지는 강력한 마나의 기운에 숲으로 달려온 쳉리.

정보에 의하면 강혁이라 불리는 눈앞의 꼬마는 정확히 석 달 하고 열흘 동안 그 미친 마법사와 함께 있었을 뿐이다.

그런데 꼬맹이는 쳉리도 긴장할 만큼 마나를 소유하고 있었다.

'그동안 새로운 방법이라도 찾아낸 거겠지. 크크. 그러나 어

떡하나, 네놈의 새로운 제자는 오늘 물고기 밥이 될 터인데.'

20년이 넘는 세월 동안 잊지 못한 쳉리. 아직도 목숨을 구걸하려 바닥에 피가 철철 나도록 박던 그 장면은 생각만 해도 피가 끓어올랐다.

'마법사는 하루아침에 완성되는 것이 아니지. 흐흐.'

삼합회의 칼잡이들 중에서 쳉리의 오른팔과 왼팔.

혀로 날카롭게 갈린 검신을 핥으며 꼬맹이 주변으로 다가갔다.

마법사의 새로운 제자의 배때기에 구멍을 뚫어주기 위하여.

"낄낄."

"흐흐흐……."

전직 망나니 출신인지 칼을 들고 다가오는 두 마리의 승냥이.

쇄애애액!

갑자기 다가오며 위협적으로 칼을 날렸다.

사삭.

'자, 장난이 아니네.'

얼마나 잘 갈아놨는지 살짝 스친 것 같은데 새파란 검날에 공기가 잘려 나가는 착각이 들었다.

검이라도 있다면 맞장이라도 취하겠지만 지금 걸치고 있

는 것이라고는 꽃무늬 반바지와 그와 필적하는 반팔 남방뿐이었다.

'새끼들, 마법사가 어떤 존재인지 똑똑히 가르쳐 주마.'

하지만 세상에 알려지지 않은 마법의 비기가 나에게 있었다.

쉬이이익.

'온다!'

원래 합공이 전문인지 비릿한 웃음을 짓던 놈들이 바람처럼 달려왔다.

'흐흐, 밥통 같은 놈들.'

이미 마음속으로 준비한 마법.

"라이트!"

가볍게 1서클 라이트 마법을 강력하게 펼쳤다.

"헛!"

어둑해진 밤. 달은 떴지만 백열전구 수백 개를 합한 것 같은 강렬한 라이트 마법에 두 놈이 눈을 질끈 감았다.

그리고 본능적으로 빛을 가리려 손으로 눈을 가리는 자들.

퍽! 퍼퍽!

내 태권도 특기인 뒤돌아 차기와 돌려차기로 놈들의 턱주가리와 배를 연타로 날렸다.

"컥!"

"크헉!"

예기치 않은 공격에 일격을 맞은 놈들.

비명을 지르며 바닥에 그대로 고꾸라졌다.

'마, 마나가 발에도 실린다! 호오!'

차는 나도 놀랐다.

정신을 집중하고 일격을 가하자 예전보다 배는 빨라진 발이 그림처럼 공격을 명중시켰다.

거기에 더하여 발에 묵직하게 느껴지는 타격감.

마법을 펼치기 위하여 활성화시켰던 서클 마나가 발끝으로 발출되는 감각이 생생하게 느껴졌다.

'흐흐, 그럼 검을 잡아도 검기 뭐 그런 것도 나오는 거야?'

사부님이 살던 칼리얀 대륙의 기사들이 사용한다던 오러 블레이드.

진검을 들면 나도 펼칠 수 있을 것 같았다.

짝짝짝!

"하하, 대단하군. 그래도 명색이 삼합회에서 수위를 달리는 애들이건만 단 한 수에 제압하다니. 그것도 1서클 마법 따위로 말이야. 하하하!"

박수를 치며 쓰러져서 바닥을 기고 있는 수하들을 바라보는 자칭 사형이라는 자.

긴장을 늦출 때가 아니었다.

'뭔가 있다, 이자는.'

마법의 무서움을 알면서도 두려워하지 않는 자.

"오랜만에 몸 좀 풀겠군."

우두둑.

놈은 가죽 장갑을 낀 손을 강하게 움켜쥐었다.

'마나? 역시!'

동시에 마나의 기운이 느껴졌다.

"늙은이에게 마법을 배우고 한참 동안 대륙을 뒤집었다. 흐흐. 불완전한 마나 연공법을 보완하기 위하여 옛 무공 서적을 미친 듯 찾았다. 그리고 찾아냈지. 흐흐, 노인네의 마나 연공법에 필적할 만한 신공을 말이야."

'뭐, 뭐라고? 신공?'

농담처럼 들릴 이야기지만 충분히 가능성이 있었다.

건달프 사부도 대륙 여행 중에 도인에게서 심법을 얻었다 하지 않던가.

"비록 마법은 3서클밖에 모르지만 나는 4서클 마법사. 흐흐. 마법 공식과 깨달음은 별개라는 것을 서클의 벽을 넘고서야 알았지. 크하하하!"

'이런 길 가다 물벼락 맞을 일이 있나!'

나는 나만이 건달프 사부를 제외하고 이 세계의 유일한 강자라 생각했다. 그러나 은거기인이 나타나 버렸다.

그것도 적어도 사람 몇은 황천으로 보내보았을 마인이 말이다.

"재롱 한번 부려봐라. 뼈마디라도 온전하게 보전하고 싶으면. 크크크."

칼도 들지 않았건만 방금 전보다 더 날카로운 예기가 느껴졌다.

'잠깐, 삼, 삼합회라면 그 삼합회?'

일본의 야쿠자, 이탈리아의 마피아, 그리고 홍콩과 대만을 비롯한 동남아시아의 삼합회.

세계 삼대 똘마니 깡패 집단 이름이 놈이 말한 한참 뒤에야 떠올랐다.

'아나, 이 양반, 도대체 뭔 짓을 한 거야!!'

하필이면 냄비파네 뭐네 하는 대한민국 형님들도 아니고 국제적으로 칼침 전문이라 알려진 삼합회를 적으로 둔 건달프 사부.

사랑해 주고 싶어도 사랑해 줄 수 없는 가문 대대로의 원수였다.

"잠깐만요!"

천천히 목을 조르듯 다가오는 놈에게 손을 뻗어 걸음을 멈추게 했다.

"……."

걸음은 멈추었지만 아무 말도 하지 않는 놈.

"4서클 마법 공식을 넘겨 드리겠습니다."

"⋯⋯!!"

4서클 마법 공식이라는 말에 놈의 표정에 놀람의 빛이 스치고 지나갔다.

'흐흐. 그래, 네놈도 마법사라면 이 조건을 마다할 이유가 없지.'

"아니, 거기에다가 미친 마법사가 살고 있는 곳도 대충이나마 알려줄 수 있습니다!"

한번 구경하고 싶었다.

삼합회와 대마법사의 치열한 전쟁을.

"크, 크크크크크."

'웃어?'

그러나 대답 대신 들려온 것은 놈의 크큭거리는 웃음소리 뿐이었다.

"어리석은 놈, 네놈은 삼합회 따위로 그 늙은이를 죽일 수 있을 것 같더냐?"

'엥?'

그래도 명색이 글로벌 깡패인 삼합회를 일개 따위로 치부하는 놈.

눈동자에서 뻗쳐 나오는 치욕과 분노의 감정은 무언가 내 예상과 달리 진행될 것 같은 예감을 주었다.

"늙은이는… 혼자서 유럽 마피아와 싸웠다."

'마피아!'

사형이라는 자에게서 듣는 사부의 비밀스러운 과거.

"그리고 전멸했다. 대전차포로 무장하고 헬기까지 동원했던 중무장한 마피아… 576명 모두를 알프스 산에 묻어버렸다. 그것도 아주 깊게 파서 영원히 찾을 수 없게 말이다."

"헐……."

울어야 할지 웃어야 할지 모를 상황.

입만 멍하니 벌어질 따름이었다.

"난 만족한다. 늙은이의 제자가 분명한 네놈의 가죽만 벗기면 대만족이란 말이다. 크하하하!"

똑똑하기 그지없는 놈의 선택.

다리가 후들거렸다.

눈앞의 놈은 마법을 아는 진정한 쌈꾼이었기에.

"파이어 애로우!"

"워터 실드!"

퍼버버벙!

쉐애애액!

정신을 차리기도 전에 파이어 애로우 마법으로 선공을 펼치는 놈.

급히 워터 실드를 펼쳤다.

'헛!'

하지만 4서클에 올랐다는 놈의 말은 거짓이 아니었다.

단 한 번의 마법 공격에 공에 맞은 유리창처럼 금이 가버린 실드.

파앗.

마나의 조직이 한계를 벗어나자 실드는 자연스럽게 수만 개의 물방울로 화하여 소멸되어 버렸다.

그리고 이어지는 놈의 발길질.

터억!

"컥!"

두 팔을 교차하며 놈의 발길을 막았지만 강력한 충격에 비명을 터뜨리며 뒤로 몇 걸음 물러나야 했다.

'마, 마나가 실렸다!'

신공이라는 것을 얻었다는 말이 거짓이 아닌 것 같았다.

막아낸 두 팔이 욱신거리는 것이 잘못하다가는 부러질 수도 있었다.

"슬로우!"

공격 마법뿐만 아니었다.

3서클 마법을 자유롭게 사용하며 마나로 나를 붙잡으려 하였다.

"마나 실드!"

처저저정!

순수한 마나로 만들어진 실드를 펼쳤다.

치지지지지직!

놈의 영창으로 생성된 마법이 마나 실드에 부딪치며 수증기를 만들어내었다.

쉬익!

'싸움의 달인이다!'

남들처럼 쉽게 태권도 4단을 딴 것이 아니건만 놈은 차원을 달리했다.

나야 실전이라고 해봐야 관장님과 사범들과의 대련밖에 없었다.

그러나 놈은 인정사정을 모르는 싸움 기술로 단련되었는지 빈틈이 보이자 바로 주먹을 찔러왔다.

빠악!

"크헉!"

급한 상황이었기에 같이 주먹을 내질렀다.

그러나 주먹에 회전을 걸었는지 놈의 가죽 장갑과 부딪친 손에서 뼈 튕기는 소리와 함께 피부가 뜯겨져 나갔다.

"제법이구나, 애송이. 흐흐."

마법과 주먹을 자유롭게 사용하는 놈.

인정하기 싫었지만 나보다 뛰어난 마법사였다.

'정말로 죽을 수 있다.'

이제 막 꽃피기 시작한 내 젊은 날의 이야기.

시작도 하기 전에 '주인공, 칼침 맞고 사망' 이라는 엔딩을 맞이할 수도 있었다.

입 안의 침이 마르고 온몸의 세포가 긴장하며 날카롭게 소름이 돋았다.

'놈을 이기려면… 4서클밖에 없다!'

쥐를 잡은 고양이처럼 짧게 치고 들어왔다 물러나기를 반복하는 놈.

전혀 힘들어하는 기색이 없었다.

'이 개새끼가!'

분노가 전신을 강타했다.

여태껏 이런 폭력적인 현실은 대한민국에서 단 한 번도 마주친 적이 없었다.

학교 폭력이 있다지만 대한고등학교에서는 엄한 교칙상 불가능하였고, 지금껏 나에게 시비를 건 자는 더더욱 없었다.

그런 천하의 강혁을 희롱하는 놈.

이를 악물었다.

'저 새끼를 죽여 버릴 거야!'

놈과 나는 같은 4서클. 하지만 놈은 4서클 마법을 모르는 것 같았고 나는 알고 있었다.

아무리 서클이 같다 하더라도 마법 수준이 다르면 공격력은 수배, 아니, 수십 배까지 차이나는 것이 마법이었다.

그렇지 않다면 8서클 헬 파이어 마법 대신 다들 2서클 파이어 볼만 수련할 것이다.

"이제 정리하자, 애송이. 귀찮은 놈들이 올 수 있으니."

작은 섬의 초호화급 리조트.

요란하게 마법이 격발하는 폭음은 섬을 진동시키기에 충분하였고, 총으로 무장한 경비들이 몰려올 수 있었다.

"그래, 나도 그만 하고 싶군, 더러운 깡패 새끼야."

"깡패? 푸하하하!"

깡패라는 말에 하늘을 보며 박장대소를 터뜨리는 놈.

'라이트닝 웨이브!'

위급한 순간이었기에 서클을 급박하게 활성화시키며 4서클 공격 마법 중 수위를 달리는 라이트닝 웨이브 마법을 생각했다.

'마나의 힘이여, 잠자는 너의 분노를 이 세상에서 터뜨려라! 전격의 푸른 번개여! 여기 친구가 간절히 너의 힘을 원하노라!'

짧은 순간이었지만 엄청난 집중력을 발휘하면서 상단전, 중단전, 하단전에 있는 마나들을 모았다.

그리고 마법의 시동어를 모두 완성할 수 있었다.

찌르르르.

무리한 집중력을 사용했음인지 심장을 비롯한 전신의 장기가 칼날로 쑤시는 것처럼 아파왔다.

낯선 고통이었다.

사부가 예전에 마법진에 쑤셔 넣고 고문하던 것과는 비교할 수도 없을 정도였다.

'무, 무리인가?'

이제 갓 4서클에 오른 내가 4서클 공격 마법 중 최고봉을 달리는 라이트닝 웨이브 마법을 펼친다는 것을 알면 마법사들이 미친놈이라고 할 것이다.

이제 갓 수영을 배운 놈이 현해탄을 건너겠다고 바다로 뛰어드는 꼴이리라.

쩌릿쩌릿.

하지만 몸에 이상 반응이 느껴졌지만 어떻든 간에 마법은 완성이 되었다.

이제 펼치기만 하면 되는 순간,

놈은 그런 나를 바라보며 알 수 없는 희미한 웃음을 짓고 있었다.

'알고 있는 것인가!'

내가 마법을 펼칠 시간을 준 것 같은 묘한 기분이 들었다.

"라이트닝!"

메모라이즈를 철저히 했는지 마나와 교류하지도 않고 바로 라이트닝 마법을 시전하는 놈.

찌지지지지지지지직!

마나 스태프도 없건만 놈이 내뻗은 가죽 주머니를 타고 마법의 전격이 푸른 전깃줄처럼 이끌며 터져 나왔다.

'죽엇!'

푸른 전기의 파도에 눈이 부셨고, 나는 놈이 마법 뒤에 연달아 다가올 것을 예상하고 손을 뻗었다.

"라이트닝 웨이브!"

전격의 파도라 불리는 4서클 공격 마법.

영창이 떨어지기가 무섭게 놈이 펼친 라이트닝 마법을 향해 거친 파도처럼 밀려가는 모습이 보였다.

'됐다!'

전력을 다한 4서클 마법.

주변 10미터 공간에 피할 수 있는 곳은 없었다.

"크헉!"

그리고 나의 예상대로 눈부셔 바라보지 못하는 정면에서 놈의 짧은 비명이 들려왔다.

'까불고 있어, 자식이!'

멧돼지를 잡을 때처럼 몸이 어지러우며 현기증이 일어났지만 기분은 날아갈 것처럼 상쾌했다.

마법 대결에서 첫 번째로 승리한 역사적인 날이었다.

푸욱!

그때 갑자기 아랫배에서 느껴지는 화끈한 느낌.

'어, 어떻게……?'

아직도 새파란 전격의 마법이 주변에 잔뜩 퍼져 나가며 스파크를 만들어내고 있었건만, 나에게 다가온 놈의 시커먼 얼굴.

그리고 아랫배에서 느껴지는 낯선 고통.

털썩.

다리에 힘이 풀리며 주저앉았다.

그리고 보였다.

뱃속에 박혀 깊숙이 박혀 있는 새파란 칼 하나.

손잡이만 남기고 아랫배를 관통하고 있었다.

"흐흐, 애송아. 이름은 들어보았겠지, 나노 기술이라는 것을? 크크크. 마법 저항력이 존재하는 미스릴은 없지만 현대에는 과학이라는 것이 존재한단다. 크하하하하하하!"

'나… 나노 기술…….'

독한 놈이었다. 분명 사부를 죽이기 위하여 수십 년 동안 연구를 했음이 분명했다.

'이, 이대로 가는 것인가.'

억울하였다.

파라다이스 내 꿈을 이뤄줄 모든 것이 완벽하게 준비되어 있는 아름다운 꽃밭 길.

예린이와 키스도 못했고, 지금 내 방에는 마르소가 기다리고 있을 것이다.

'사… 사부…….'

고통이 한 번 일더니 그 뒤에는 정신이 멍해졌다.

극한의 고통과 죽을지 모른다는 공포에 육체를 닫아버리는 정신.

"잘 가라… 불쌍한 4서클 마법사. <u>크흐흐흐</u>……."

귓가를 울리는 재수없는 놈의 웃음소리.

일어나 이 칼로 복수해 주고 싶었건만 몸은 천근만근처럼 무거워졌다.

그리고 생각나는 여러 사람의 얼굴.

예린과 중현이, 부모님, 마지막으로 언제나 건들거리는 희대의 변태 사부 건달프.

'엿이나 드세요!'

마지막으로 힘껏 엿이나 먹으라고 마음속으로 소리쳤다.

"어, 어! 이, 이게 뭐야?!"

눈이 감기고 약에 취한 것처럼 몽롱해지려는 순간, 들려오는 놈의 놀란 목소리.

작년에 곗돈 떼인 옆집 아줌마처럼 당황함이 가득 담겨 있었다.

'졸려……'

모든 것이 하얗게 변해갔고, 무언가 푹신한 무엇이 나를 감싸 안았다.

그것이 나의 마지막 기억이었다.

예쁜 선녀가 나를 마중 나왔으면 하는 간절한 희망 하나 품고서…….

버언쩍!

"오오오오오오오오오오오오오오!! 간, 간다아아아아아아아!!"

핵폭탄이라도 터진 것 같은 강렬한 빛의 폭풍이 마법진에서 번쩍였다.

그리고 마법진을 바라보며 대마법사 아이달은 목이 터져라 간다를 외쳤다.

위이이이잉!

"갔구나. 참… 허망하네."

수십 년 동안 응축시켰던 마법진의 마나가 사라져 버리자 아이달은 허탈한 표정을 지었다.

본래는 자신이 돌아가야 할 그의 고향 칼리안 대륙.

그러나 모든 것이 귀찮아졌기에 그 대신 다른 분신을 만들어 보냈다.

"녀석, 마법이나 제대로 배웠나 모르겠네."

하나뿐인 제자의 꺼벙한 얼굴이 머리에 그려지는 아이달.

사형수에게 베푸는 마지막 만찬처럼, 한도 무제한의 카드를 받아 들고 기뻐하던 놈의 모습이 왜 자꾸 아른거리는지는 자신도 모르겠다.

"에이, 설마 오크 똥으로 나오겠어? 그래도 명색이 금안의 사신 아이달의 제자인데……."

고개를 저으며 애써 오크의 한 끼 식사로 변해 버릴 제자의 모습을 지우는 아이달.

"거, 잘 도착했나 모르겠네. 좌표가 헷갈려서 대충 보냈는데. 나도 나이를 먹긴 먹었어. 클클."

뒷짐을 지고 자신의 나이를 아이달은 한탄했다.

지금 제자가 어떤 몰골로 변해 있는지도 모르고 말이다.

"아이고, 늦었다! 지금 '너는 아저씨의 운명' 할 시간인데!"

갑자기 생각나는 즐겨 보는 대한민국의 어느 프로.

아이달은 발걸음도 가볍게 마탑 엘리베이터 버튼을 눌렀다.

"노세~ 노세~ 젊어서 노세~ 늙어나면 나같이 못 노나니~"

그러면서 요즘 입에 배어버린 노래를 쉬지 않고 흥얼거렸다.

갑자기 이상하게 언젠가 먹어본 적이 있는 엿이라는 것이 막 당기는 것을 느끼며 말이다.

Chapter 08
낯선 곳에서 살아가는 법

"끄응……."

'여기는 어디야…….'

귓가로 들려오는 내 신음 소리에 정신이 하나둘씩 돌아왔다.

'천국인가, 지옥인가? 아아, 눈 뜨기 싫네.'

과거에 내가 벌인 여러 행동들을 종합해 보건대 천국보다는 지옥일 확률이 0.1% 정도 더 많았기에 확인하기 싫었다.

태어나서 부모에게 효도라고 한 것은 이번에 보내준 1억짜리 크루즈 여행밖에 없었다.

　그 이외에는 유치원 가출 사건, 초등학교 패싸움 사건, 중학교 야동 사건, 고등학교 들어와서는 수학여행 실종에 이은 객사까지 입이 열 개라도 할 말이 없었다.

　그것뿐이겠는가.

　수많은 여인들에게 품었던 못된 생각과 마지막에 사부님께 먹인 엿까지, 곧장 100대에 무한 지옥 365일 코스는 필수일 것이다.

　'뭐가 이리 푹신하지? 향긋한 풀 냄새는?'

　눈을 뜨면 야차들이 달려들 것 같았기에 한숨을 푹푹 내쉬고 있을 때 머릿속에 몰려드는 여러 공감각적인 느낌.

　유황불이 일 년 내내 난방비 걱정 없이 타오르는 지옥이라고 생각하기에는 문제가 좀 있었다.

　'설마 천국?'

　뱃가죽에서 아직도 느껴지는 뜨거운 첫 칼침.

　지옥이 아닌 천국일 수도 있겠다는 생각이 문득 들었다.

　"아직도 안 일어나네?"

　"쉿, 아픈 아저씨야."

　"아프기는! 흥! 마을 사람들의 생명인 포션까지 먹었는데!"

　"데론, 그러지 마. 아빠가 그러셨잖아. 우리보다 불쌍한 사람들을 가엾게 여겨야 죽어서 자비의 여신 네르안님 품에 안

길 수 있다고."

"싫어! 죽어서 행복한 것보다 데론은 오늘 배불리 먹고 놀고 싶다고!"

'이, 이게 무슨 소리더냐?'

감각을 회복하고 있는 와중에 선명하게 들리는 낯선 언어들.

지구에서는 한 번도 듣지 못한 단어들이었건만 머릿속에서는 자동번역기를 가동하는 것처럼 완벽하게 해석되었다.

"데론, 아빠와 누나가 그렇게 가르쳤니? 너만 그러는 게 아니라 다들 고생하고 있잖아! 그런데 어떻게… 네가……."

맑고 고운 목소리를 소유한 여인이 차마 말을 잊지 못하였다.

"세, 세실 누나, 미안해. 난 그냥… 흑흑."

세실이라 불린 여자가 말을 잊지 못하자 버릇 못된 것 같은 사내아이 놈이 눈물을 흘리며 미안하다고 했다.

'자식, 싸가지는 쬐금 없지만 교육은 잘 받았군. 어, 가만. 그런데 지금 내 얘기 아니었어?'

얼떨결에 듣고 있었지만 마을 사람들이 아끼는 포션이라는 것을 먹은 자신들보다 불쌍한 존재로 지칭되는 자.

번쩍 눈이 뜨였다.

"헉!"

그리고 터져 나오는 비명.

"악!"

"으아악!"

나만 지른 것이 아니었다.

내가 지른 비명에 놀란 두 사람의 비명이 낯선 오두막집 안에 가득 울려 퍼졌다.

'여기는 어디야! 으아아아! 왜 내가 이런 곳에 누워 있는 거야!'

정갈하지만 한눈에 보아도 가난이 좔좔 흐르는 집 안.

열 평도 안 되는 통나무 오두막집은 담을 것도 없이 한눈에 다 들어왔다.

화덕과 몇 개의 커다란 솥, 나무 식탁이 존재해 부엌이라 불리는 곳과 각종 짐승 가죽 몇 점이 걸려 있는 사방 벽.

그리고 내 또래로 보이는 여자 아이와 열 살 정도의 꼬맹이 하나.

우리는 비명을 지른 채 그 모습 그대로 서로를 보며 눈을 동그랗게 뜨고 있었다.

"으아아아! 일, 일어났다! 변태 빤쓰 형아가 일어났어!"

덜컹.

내가 뭐라고 말할 틈도 없이 변태 빤쓰를 외치며 나무 문을 박차고 나가는 꼬맹이.

"하, 하이……."

그 와중에도 정신을 수습하고 제법 귀여운 금발의 여자 아이를 향해 손을 흔들었다.

"……."

하지만 돌아온 것은 귀신이라도 본 듯한 경악스러운 표정.

덜컹!

입을 벌리고 놀라고 있는 사이 거칠게 통나무 문이 열렸다.

"허억!"

"세, 세상에, 일어났네."

"포션이 효과가 좋긴 좋은가 봐."

갑자기 좁은 방 안으로 몰려드는 몇몇 서양인 남녀들.

중세 영화에서나 봄 직한 거친 옷을 걸친 이들이 나를 보고 자기들끼리 쑥덕였다.

"안, 안녕하세요?"

무언지는 정확히 모르겠지만 내 목숨과 연관이 있음이 분명한 상황.

나는 자리에서 일어나 인사를 하였다.

주루룩.

"어어!"

"어, 어머! 어머!"

'으악!'

하지만 아줌마들의 비명 속에 나는 다시 자리에서 주저앉고 말았다.

놀랍게도 이불 속에 감춰진 내 몸은 생전 처음 보는 요상한 천조가리로 만든 속옷 한 장밖에 없었던 것이다.

'여기는 도대체 어디란 말인가! 어머니! 아버지!!!'

이불을 끝까지 목에 두르고 간절히 부모님을 불렀다.

군대에 가야 효자가 된다는 말처럼, 나는 낯선 곳에서는 언제나 효자가 되었다.

"그러니까… 여기가 다피스 왕국 피요르 자작 영지의 루나 마을이라는… 건가요……?"

나도 모르게 떨리는 목소리로 재차 확인하였다.

"허어, 젊은 친구가 심하게 다치더니 정신이 없군. 다시 한 번 말하네만 자네가 어디 출신인지는 모르지만 해변에 쓰러져 있는 것을 여기 얀스가 발견해서 데려왔고, 이곳은 남대륙 다피스 왕국의 피요르 자작령의 루나 마을이라네. 그리고 난 마을 촌장 아베스고 말이야. 에휴!"

"……."

이제 갓 입학한 초등학교 신입생을 가르치듯 한자 한자 천천히 설명하는 아베스 촌장님.

앞니가 빠진 촌장님은 몇 번을 설명하고 나선 지친 듯 숨을 길게 들이켰다.

'세, 세상에! 내가 왜 여기에! 으아아아!'

차마 비명을 지르지는 못했지만 이 황당한 광경에 정신을 수습할 수가 없었다.

'WHY, WHAT, WHERE……'

가슴속을 치고 가는 수많은 의문들.

사부의 제자라는 삼합회 깡패에게 칼침 맞은 것까지는 생각이 났다.

하지만 그 이후로 아무것도 생각나지 않는 나에게 왕국이니 자작령이니 하는 말들은 낯선 언어들이었다.

'사, 사부 당신이!! 크으으!!'

그리고 그 수많은 의문들의 종착점은 단 한 사람.

나를 이상한 나라 앨리스를 만들어 버린 원흉.

이백 살 먹은 마법사 아이달밖에 없었다.

'썩을, 이 팔찌가 그럼 차원 이동하는 열쇠였단 말이야?'

쌀이 밥이 되어버린 상황에서 다시 쌀로 변신해 달라고 빌어도 쌀은 밥이 될 수 없는 것이 냉정한 현실.

얼떨떨한 상황에서도 왼 팔목에 자리 잡은 은빛 팔찌가 사부의 끄나풀이었음을 짐작할 수 있었다.

'시간과 시간, 공간과 공간의 연결자'라는 문구가 이제야 해석이 된 것이다.

"얀스."

"네, 촌장님."

"아직 이 친구가 정신을 차리지 못한 것 같으니 자네가 잘 좀 돌봐주게. 세금 때문에 정신이 없는데… 에휴!'

"죄, 죄송합니다, 촌장님. 괜히 저 때문에……."

얀스라 불리는 사십대 후반의 털보 장한.

머리를 긁적이며 촌장님에게 고개를 연신 숙였다.

"아니야. 언제부터 우리 루나 마을의 인심이 박정했던가. 포션이 사라져서 안타깝지만… 어쩔 수 있나. 다 이것도 신의 뜻이겠지."

성자처럼 아베스 촌장은 신의 뜻을 말하며 고개를 끄덕였다.

"가세나."

"네?"

가자는 말과 함께 내 어깨를 잡아 세우는 얀스 아저씨.

촌장의 말로는 이 얀스라는 사십대 후반의 아저씨가 나를 살려준 생명의 은인이라 하였다.

"저녁 시간도 되었으니 가서 밥 먹어야지."

"밥, 밥이요?"

꼬로록.

밥이라는 말이 나오기가 무섭게 뱃속은 심하게 요동을 치며 자신이 살아 있음을 알려왔다.

'보내주려면 잘 보내주어야지, 하필 바닷가야! 그것도 물

에 빠져 죽을 수도 있었다니! 크아아아!'

평소 아무 대책 없이 살아가는 사부라는 것은 알았지만 이렇게까지 무책임한 인간인 줄은 정말 몰랐다.

'기필코 돌아가고 말 거야! 나의 파라다이스! 내 고향 대한민국으로! 크아아!'

밖으로 터져 나오지 못하는 울분.

나는 얀스의 굵은 팔에 질질 끌려 촌장님 집 밖으로 끌려갔다. 그리고 이를 악물고 다짐했다.

반드시 이 말도 안 되는 세계에서 지구로 돌아갈 것을!

그리고 오늘의 이 원수는 반드시 갚아줄 것이라고 말이다.

'이, 이게 밥이야?'

내 앞으로 배당된 투박한 나무 그릇 안에 담겨져 있는 조그만 감자 몇 개가 둥둥 떠다니는 멀건 수프.

그리고 텅 소리를 내며 빵인지 돌덩어리인지 구분이 안 가는 보리 냄새 나는 검은 빵 한 조각이 식탁 위에 놓여졌다.

"와아! 오늘은 감자가 왜 이리 많아?"

'뭐, 뭐야, 이 말도 안 되는 처절한 가난의 냄새는?'

데론이라는 꼬마의 입에서 터져 나오는 탄성이 거짓이 아님이 느껴지자 쿵 하고 충격이 몰려왔다.

깨어나기 전까지만 해도 일류 요리사들이 만든 최고급 해산물 요리와 정찬을 먹었건만, 갑자기 내 앞에 나타난 낯선 궁상의 냄새.

"많이 먹게나. 차린 게 변변치 않지만⋯⋯."

얼굴은 산적도 한 수 접을 정도로 털보인 얀스 아저씨가 미안한 표정을 지었다.

"아, 아닙니다. 하하! 평소 집에서 먹던 감자보다 더 실한 것이 먹음직스럽겠습니다."

사부의 무책임 속에서 나를 살려준 고마운 은인들이었다.

반찬 투정을 한다면 그건 사람 새끼가 아니라 멍멍이 친구일 것이다.

'한번 먹어볼까.'

뱃속에서 아우성을 쳤기에 미친 척하고 큼지막하게 감자를 떠서 입에 집어넣었다.

"호오! 맛있다!"

'어떻게 이런 맛이!'

보기에는 감자 몇 알 둥둥 떠 있는 멀건 수프였다.

그러나 놀랍게도 입 안에 착 감기는 묘한 맛이 우러났다.

"맛, 맛있어요?"

세실이라 불리는 금발의 소녀가 기대에 찬 눈빛으로 맛있냐고 물었다.

"하하, 저희 부모님이 만들어주신 음식 맛과 똑같습니다.

정말 맛있습니다!"

'일류 요리사가 될 소지가 다분해.'

그릇 안을 다시 한 번 살펴보았다. 그러나 역시 눈에 띄는 것은 감자와 야채 몇 조각이 전부인 수프.

"헤헤, 변태 형아도 우리 누나 입맛에 반했구나? 세실 누나는 우리 루나 마을 사람들 전부 인정하는 요리사야."

자기 누나 칭찬에 헤헤거리는 꼬마 녀석.

'그런데 왜 자꾸 변태, 변태 하는 거야?'

"얀스, 그런데 왜 자꾸 데론이 저를 변태라고 부르는 겁니까? 혹시 제가 깨어나기 전에 무슨 실수라도 했는지요?"

"어, 그… 그게… 허허."

물음에 시원하게 답하기보다는 말을 더듬는 얀스.

'세실 얼굴은 왜 이렇게 붉어져?'

얀스가 대답을 못하자 세실에게 묻고자 눈길을 돌렸고, 고개를 들지 못하고 벌겋게 얼굴이 달아올라 있는 세실의 모습이 보였다.

"와아! 정말 형아 뻔뻔하다! 어떻게 그렇게 당당하게 물을 수 있어?"

'뭘?'

이제 솔직하게 대답해 줄 사람은 데론밖에 없었다.

"생각 안 나? 형이 입고 있던 그 빤쓰?"

"빤, 빤쓰?"

속옷이라는 단어였건만 자동번역기가 가동된 머리에서는 빤쓰라는 말로 해석이 되었다.

'내가 입고 있던 옷이라면… 헉! 설마 꽃무늬 반바지를?'

"흥! 어떻게 남자가 여자도 아니면서 그렇게 야한 꽃무늬 빤쓰를 입을 수 있어? 형아가 아빠에게 업혀서 들어올 때, 피에 젖은 그 꽃무늬 빤쓰 때문에 마을에 못 들어올 뻔했어! 분명 변태 해적이 난파당해서 쓸려온 거라고 말이야!"

'피, 피에 젖은 꽃무늬 빤쓰……'

머리가 띵하고 울렸다.

21세기에서는 모든 이들이 반바지라 부르는 짧은 바지가 여기서는 빤쓰로 오인받았다.

그도 그럴 것이, 세실도 제법 날씨가 덥건만 긴 치마를 입고 있었다.

'변태… 맞네. 휴우!'

아이들 눈은 정확한 것. 데론이 변태로 판단했다면 마을 사람들 모두 나를 변태로 오인할 수도 있었다.

'그런데 세실이 모두 봤단 말이야?'

그럴 가능성이 농후했다.

얀스가 나를 업고 들어왔던 집은 바로 이 집.

그리고 이 집에서 활동하는 이는 얀스와 세실, 그리고 꼬맹이 데론.

거기에다 지금 내가 입고 있는 옷은 거친 천으로 만든 속옷과 얀스가 입었음이 분명한 큼직한 옷 한 벌이 전부.

'으헉!'

생각이 거기까지 미치자 속에서 비명이 터졌다.

"큼, 수, 수프가 식겠구나. 어서 먹자꾸나."

갑자기 어색해진 식탁.

얀스가 빵을 수프에 적셔가며 밥을 먹으라며 화제를 돌렸다.

'그런데 너무한 거 아냐? 여기는 바닷가인데 왜 멸치 한 마리 안 보여?'

흉년이 들어도 바닷가 사람들은 살이 찐다는 말이 있건만, 그 흔한 멸치 대가리 같은 생선 한 마리 보이지 않는 식탁.

딱딱한 보리 빵을 씹어 먹으며 얀스가 스크루지 급 구두쇠가 아닌가 생각하였다.

'그나저나 오늘 여기서 자야 해?'

아직도 고개를 숙이며 묵묵히 밥을 먹고 있는 세실.

그녀의 적당히 태양에 그을린 피부가 자꾸 눈에 밟혔다.

으드득.

"으으……."

'아이고, 삭신이야.'

침대는 과학이라 선전하는 네이스 사의 푹신한 매트리스에서만 생활했던 나다.

그런 내가 세실과 데론이 자고 있는 침대 밑 딱딱한 바닥에서 모포 한 장 깔고 잤다.

그리고 밤새 끙끙거리다 일어난 아침.

온몸의 뼈가 적응 못하고 우두둑거리며 상쾌한 비명을 질러대었다.

'다들 왜 이리 일찍 나가는 거지?'

열린 나무 창밖으로 보이는 어슴푸레한 빛이 이제야 동이 틈을 말해주고 있건만, 내가 일어나기 전 조심스럽게 세실과 얀스는 방을 빠져나갔다.

나를 깨우지 않기 위함임은 알겠지만 예민한 내 귀에 안 들릴 수가 없었다.

"엄, 엄마! 엄마!"

그때, 긴 밤 동안 부럽게 세실 품에 안겨 잤던 데론 녀석이 엄마를 찾으며 벌떡 일어났다.

"으아아앙! 엄마아아아아!"

그리고 서럽게 우는 꼬마 녀석.

'칫……'

애절하게 부르는 엄마라는 말에 갑자기 생각나는 어릴 적 기억.

기억도 희미한 어린 시절, 자다가 일어났을 때 언제나 내 곁에 있던 엄마가 없던 그 기분.

세상이 무너지는 심정으로 저 녀석처럼 나도 울었다.

그리고 엉금엉금 기어서 온 집을 뒤져서 엄마를 찾을 수 있었다.

비겁하게 그새를 못 참고 아빠 품에 안겨 콜콜 주무시는 엄마를 말이다.

"데론, 일어나. 형이다. 카이어 형이야."

어제 밥을 다 먹고 그제야 이름을 묻는 얀스에게 강혁이라 말하자, 얀스는 고개를 끄덕이며 카이어라 발음했다.

그리고 내 이름은 강혁이 아닌 카이어가 되었다.

"형? 으앙! 형아! 엄마 좀 찾아줘! 엄마! 응!"

품에 안아주자 서럽게 엄마를 찾으며 우는 녀석.

'그런데 아주머니가 없네.'

"데론, 그런데 엄마가 어디 있니? 있는 곳을 알아야 찾아주지."

"정, 정말? 형아가 엄마를 찾아줄 거야?"

쬐금 싸가지없는 것 말고는 귀여운 금발의 꼬마 아이였다.

"그럼! 형아가 이래 봬도 무지 센 사람이야!"

"와아! 형아가 그럼 기사야?"

"아, 아니, 기사는 아니고……."

"기사가 아니면 마법사?"

언제 엄마를 찾았냐는 듯 호기심 어린 눈동자로 마법사냐고 묻는 데론.

"그, 그렇지. 형아가 마법사야. 형아만 믿어. 내가 마법으로 엄마를 찾아줄 테니까."

'자식, 눈치가 제법이야.'

마법사인 내 정체를 정확히 꿰뚫은(?) 데론이 대견하게 보였다.

그리고 곧 마법사인 나를 존경의 눈빛으로 바라볼 데론을 상상하였다.

"피이, 됐어. 내가 그런 거짓말에 속는 어린앤 줄 알아. 이제 됐으니까 풀어줘. 형 몸에서 땀 냄새 나."

하지만 귓가에 들려오는 전혀 예상치 않았던 단어들의 행진.

"엉?"

갑작스럽게 돌변한 데론의 태도에 어이가 없었다.

"아, 개운하다. 히히. 오늘은 뭐 하고 놀까?"

품에서 벗어나 쪼르르 밖으로 나가려는 데론.

방금 전까지 엄마를 찾던 그 어리고 순진한 어린 양의 모습은 온데간데없고, 사악하기 그지없는 동네 악동으로 변신해 있었다.

'비, 빌어먹을! 크아아!'

"카이어 형아!"

밖으로 나가다 말고 나를 부르는 꼬마 악마 데론.

"왜!"

"고마워. 헤헤."

부름에 본능적으로 고개를 돌리던 내 눈에 보이는 꼬맹이의 미소.

눈가로 흘러내리던 눈물을 소매로 닦으며 데론은 보는 것만으로 기분 좋은 미소를 남기고 밖으로 달려나갔다.

"햐아, 좋다!"

대한민국에서는 9월 어느 아침으로 느껴지는 상쾌한 공기가 밖으로 나오자 폐부에 가득 들어찼다.

'완전 그림이 따로 없군.'

어제는 저녁 무렵이었고 정신이 없었기에 마을 전경이 눈에 들어오지 않았다.

하지만 아침이 되어 보이는 광경은 내가 그림에서나 보던 평화로운 목가적 풍경 그 자체였다.

하늘의 솜털 구름은 두둥실 떠서 바다로 노를 저어갔고, 저 멀리 마을 밖으로 보이는 바다의 푸른 물결은 병자의 숨통에 산소를 풀로 공급해 주는 것 같은 기분을 만들어주었으며, 마을 뒤쪽에 자리 잡은 제법 커다란 산봉우리들은 호연지기를 가득 품게 만들어주었다.

'배산임수! 명당이로군.'

통나무로 지어진 가옥 백여 채가 빼곡히 들어찬 마을. 얀스의 집이 다른 집보다 조금 높은 곳에 위치하였기에 한눈에 마을 전경이 들어왔다.

'작은 요새가 따로 없네.'

바다와 산, 그리고 제법 널찍한 밭을 소유한 마을은 나무와 진흙, 돌 같은 것으로 빙 둘러싸여 보호되고 있었다.

높이는 어림잡아 3미터 정도로 어지간한 공격은 막아낼 수 있는 구조였다.

'어라? 그런데 저 사람들, 뭐 하는 거야?'

일찍 일어난 참새가 방앗간을 털 수 있다는 격언처럼 이제 해가 뜨기 시작한 밭에서 열심히 일하는 마을 사람들.

'힘 좋은 남자들이 하지 않고 왜 연약한 여인들이 밭일을 하지? 말도 없나? 사람이 밭을 가네.'

21세기 최첨단 기계화 문명에 살던 내 눈에 보이는 이해할 수 없는 농업 방식.

사람들이 제법 많이 사는 마을임에도 소나 말 같은 가축은 전혀 보이지 않았다.

다만 소나 말이 해야 할 거친 밭일을 사람들이 하고 있었고, 남자들은 대부분 활을 메고 창을 들고 서서 주변을 경계

하고 있었다.

'이거 밥값은 해야지. 괜히 미안하네.'

포션이라는 것을 사용해 나를 치료해 준 순박한 마을 사람들에게 보답하고 싶었다.

그래도 하늘과 바꿔도 아까운 내 목숨 값이었다.

'다행히 작은 흉터 말고는 아무 이상이 없다.'

숨을 들이켜며 마나 홀의 이상 유무를 살폈지만 서클이 마나가 제법 비어 있는 것 빼고는 이상이 없었다.

'사부 말대로 지구와 비교할 수 없는 마나 밀도다.'

4서클이 완성되었다고 해서 다 같은 4서클 마법사가 아니었다.

소유한 서클 크기와 축적된 마나 양, 집중력과 의지력에 의거한 대기 마나와의 조화력, 마나 공식의 차이 등등 마법사의 능력은 여러 가지 기준에 의하여 상하로 나뉘는 것이다.

'유비무환의 생활화! 언제 짱깨 칼잡이 같은 놈을 다시 만날지 모른다!'

몸으로 아프게 배운 뼈저린 교훈에 치를 떨었다.

'그런데 왜 멀쩡한 바다를 놔두고 밭을 갈지? 어촌 같은데 배는 한 척도 없고 말이야.'

가까이 보이는 바다는 완만한 경사를 이루고 있어 물고기뿐만 아니라 조개 같은 여러 가지 부산물도 풍부할 듯 보였다.

그러나 바닷가 근처를 얼씬거리는 사람은 한 사람도 없었다.

'어디 일손이나 도와줄까나.'

어릴 적 시골 할아버지 집에 가서 몇 번 밭일하는 것을 도와준 적이 있었다.

그 기억을 되살려 사람들이 모여서 일하는 밭으로 향하였다.

"안녕하십니까!"

언제 어디서나 씩씩한 나였기에 큰 목소리로 열심히 일하는 마을 사람들에게 인사를 던졌다.

"카이어, 일어났는가!"

"어머, 검정 머리 총각이네."

"아직도 그 속옷 입고 있으려나?"

말 대신 쟁기를 끄는 얀스가 아는 체를 해왔고, 동네 아낙들이 나를 보더니 소곤거리며 웃었다.

'에휴, 그게 속옷이면 티 팬티를 보면 뭐라 하려나.'

21세기에 유행하는 속옷을 본다면 뭐라고 할지 정말 궁금했다.

"다들 바쁘십니다."

"바쁘지. 세금 낼 때가 가까워오는데 올해는 수확이 영 그러네."

"자! 놀지 말고 빨리빨리 움직여들! 며칠 후면 루에나의 달

이 뜨는데 그전에 수확을 마무리 지어야지!'

누군가의 대꾸에 밭에 서서 감독하고 있던 아베스 촌장이 재촉을 하였다.

'루에나의 달? 달이 뜨는데 수확하고 무슨 상관이야?'

언어와 마법적 지식 말고는 머리에 떠오르는 것이 없었다.

'그나저나 얀스가 힘들어하는군. 다른 남자들은 도와줄 생각도 안 하고.'

어젯밤에 설핏 보았던 삼엄한 경계가 곳곳에서 눈에 띄었다.

해가 질 무렵 촌장 댁으로 향할 때, 횃불을 피워놓고 10여 명의 마을 남자들이 무장하던 장면이 떠올랐다.

대략 수십여 명이 넘어가는 숫자.

건장하고 쓸 만한 남자들은 대부분 힘들게 일하는 여자들을 도와줄 생각은 하지 않고 가까운 숲을 뚫어져라 노려보고 있었다.

전투를 치르는 것처럼 팽팽한 긴장감을 유지하고서 말이다.

'몬스터라도 있나?'

아직 한 번도 본 적 없는 몬스터라는 존재.

판타지 소설이나 영화에서나 등장했던 미지의 괴물이 궁금했다.

"카이어, 거기 서 있지 말고 좀 도와주게."

"네? 네에, 촌장님!"

다른 이들이 바쁘게 감자를 수확하였기에 멍하니 서 있는 나를 책망하는 촌장님이었다.

"얀스, 제가 한번 해보겠습니다."

얼굴과 몸에 땀이 범벅된 얀스를 불러 세웠다.

"음, 자네가? 아직 무리일 텐데……."

"제가 이래 봬도 힘 좀 씁니다. 맡겨만 주십시오."

"그럼 잠시만 부탁하네."

"그래요, 아빠. 좀 쉬세요."

얀스가 끄는 쟁기를 잡고 있던 세실이 안타까운 표정을 지었다.

'마음 씀씀이가 제법 착하단 말이야.'

나보다 한 살 어린 열여섯 살의 세실.

서양 여인들의 특성답게 성인 여성과 별반 다를 바 없었다.

"이렇게 착용해 보게."

모습은 산적이지만 착하기 그지없는 얀스가 미안한 표정을 지으며 어깨에 쟁기를 메어주었다.

'헉! 무, 무겁다!'

우습게 생각했던 것과 달리 제법 무거운 쟁기의 느낌에 얀스가 새삼 존경스러웠다.

'어쩔 수 없군.'

그냥 이대로 쟁기를 끌다가는 저질 체력으로 소문나 이곳에서 남자도 아니라는 말을 들을지도 몰랐다.

그리 안 해도 변태 빤쓰 사건 때문에 나에 대한 첫인상이 그리 좋지 않을 마을 사람들.

얀스의 쟁기를 짊어지자 마을 사람들이 일손을 멈추고 나를 흥미로운 눈길로 바라보았다.

'경량화 마법 주문이… 이거였지?'

3서클 경량화 라이트 마법의 마법 주문이 떠올랐고, 조용히 수식을 완성하고 영창을 외웠다.

"라이트."

"응? 뭐라고 했나?"

"아닙니다. 하하! 생각보다 가벼워서 놀랐을 뿐입니다."

"가벼워? 허어, 보기보다 체력이 좋은가 보네?"

'보기보다……'

키 185에 몸무게 75의 나름대로 건장한 체격이건만 얀스의 눈에는 닭 한 마리 잡지 못할 약골로 보이는 것 같았다.

'다리에도 마나를 돌려볼까.'

이세계로 넘어와 제일 먼저 펼친 마법으로 농사를 짓는 것이 마음에 걸렸지만, 생명을 구해준 이들을 모른 척할 수가 없었다.

그리고 내가 먹은 포션이 이들에게는 상당히 귀한 것일 것이기에 그 본전에 몇 배는 뽑아줘야 양심에 걸리지 않았다.

"세실!"

"네?"

내 부름에 근심스러운 표정으로 바라보던 세실이 조심스럽게 대답했다.

"꽉 잡아요! 이랴!"

제법 강하게 걸린 라이트 마법 덕분에 운동화 무게만큼밖에 나가지 않는 인간 쟁기.

말이라도 된 듯 힘차게 이랴 소리를 내며 달렸다.

파바바바바밧.

"어멋!"

'히야, 루돌프가 이래서 한없이 달리고 싶은 마음이 드는 것이로군.'

난생처음 말이 되어 거칠게 밭을 갈아엎었다.

그리고 느껴지는 질주 본능.

발밑에 밟히는 땅의 푹신한 느낌이 기분을 상쾌하게 만들었다.

Chapter 09
내 이름은 카이어!

"휴우!"

"자네 정말 대단하군!"

"호호! 카이어 덕분에 일이 쉽게 끝났어요."

'헥헥! 마나 부작용이… 크윽!'

사람들이 놀라는 모습에 한껏 고무되어 미친 망아지처럼 밭을 갈아엎었다.

그리고 찾아온 마나 고갈 현상.

라이트 마법 특성상 마법이 유지되는 한 계속 마나가 빠져나가야만 했고, 그 결과 나는 한 시간 만에 마나가 고갈되어 딱 젓가락 들 힘만 존재했다.

'마나량이 부족하다. 서클을 최대한 확장해서 마나를 늘려야 한다.'

마나 배수의 법칙에 따라 처음에는 아주 미세한 차이지만 고 서클 마법사로 올라가는 순간부터는 하늘과 땅 차이로 벌어지는 서클 마나량.

사부가 가르쳐 준 뛰어난 마나 연공법 덕분에 다른 이들보다 훨씬 수월하게 서클 마나를 채울 수 있었지만, 4서클은 아직 풀로 마나를 채우지 못했다.

"그런데 얀스, 저기 있는 땅은 왜 개간하지 않습니까? 상당히 넓은 땅인데."

마을에서 약 1킬로 정도 떨어진 제법 널따란 평야가 빈 상태로 있었다.

경사도 완만하고 풀도 수북이 자라 있는 모양이 토질 또한 좋은 것이 분명했다.

"작년에 수확량이 작아서 개간을 하지 못했네."

"네? 수확량과 개간하고 무슨 상관이 있습니까?"

'도대체 무슨 말을 하는 거야?'

"자네 어디 출신인가? 이 대륙 사람이 아닌가? 아니면 몬스터가 없는 섬에서 살다 왔는가?"

"하, 하하! 그게 기억이 나지 않아서 제가 어디 살았는지 모르겠습니다."

말하기 어려울 때 제일 만만한 거짓말이 기억상실이었다.

"그랬군. 그러니까 그런 소리를 하지."

말을 하면서도 아쉬운 눈빛으로 넓은 땅을 바라보는 얀스였다.

'내가 점쟁이도 아니고 말을 해야 알지.'

쟁기로 밭을 갈아엎자 여인들은 소중하게 감자를 담았고, 잠시 얀스와 나는 풀밭에 앉아 휴식을 취할 수 있었다.

"작년에 가뭄이 들어 감자를 비롯한 작물들의 작황이 좋지 않았지. 물고기를 잡지 못하는 상황이었기에 밭작물만 기대하고 있었는데……."

'왜 물고기를 잡지 못해? 바다는 멀쩡하구먼.'

얀스의 말을 아직 이해하기 어려웠다.

"저기 보이는 자르 산맥이 보이지?"

"네."

수십여 개의 봉우리가 사이좋게 어깨동무를 하고 있는 자르 산맥. 사나이 기상을 닮은 빼어난 산세를 자랑하고 있었다.

"그곳과 우리 마을 뒷산은 산으로 이어져 있네. 그리고… 자르 산맥에 존재하는 몬스터와 마수들 또한 우리 마을까지 쉽게 올 수 있다네."

'아니, 그러니까 마수와 몬스터, 그리고 수확에 대한 관계

가 뭐냐고요?'

쉽고 정확하게 설명하면 될 것을 안타까운 한숨을 토하며 이야기를 이어가는 얀스.

"영지에 제출하는 세금을 제외하고 우리는 신전에서 포션을 구입해야 하네."

"포션요?"

"그렇다네. 성스러운 신의 가호를 받은 포션은 상처를 치료하는 데뿐만 아니라 몬스터, 특히 마수들이 아주 꺼리는 귀한 성수라네."

'호오, 그렇군.'

"그렇지만 포션 대부분은 1년 이상 사용하지 못한다네. 그렇기에 해마다 세금을 바치고 남는 돈으로 포션을 구입하지. 우리같이 영주님의 보호를 받지 못하는 독립 마을일수록 더 많이 필요로 한다네. 땅을 개간하거나 물고기를 잡는 배에 포션을 걸어두지 않으면 마수가 언제 나타나 학살을 할지 모르네."

'말도 안 되는!'

얀스의 말을 빌리자면 세금을 내고 남는 돈으로 포션을 구입해야만 농사도 짓고 물고기도 잡을 수 있다는 말이었다.

작년과 같이 작황이 안 좋다면 포션을 구입할 돈이 적어지고, 그 적어진 돈만큼 눈 뜨고 땅을 경작하지 못하는 수가 생긴다는 것이다.

"하지만 저기 경비를 서는 마을 분들이 계시지 않습니까? 그분들이라면 마수를 이기지 않을까요?"

"자네… 정말 기억을 잃어버렸군. 어떻게 농사나 짓는 우리들이 오러 블레이드를 사용하는 기사나 상대할 수 있는 마수를 잡는단 말인가! 저기 보이는 사람들은 단지 오크 같은 몬스터를 막기 위하여 있는 것이네."

'오러 블레이드!'

마수에 대해서는 머리에 정확하게 떠오르는 지식이 없었다.

"얀스, 그런데 여기가 칼리얀 대륙 맞죠?"

"…그것마저 잃어버렸나?"

어이없음을 넘어 한심하다는 표정으로 바라보는 털보 얀스.

'크으. 완전 새됐네.'

천하를 잘난 맛에 사는 천상천하 유아똥배짱의 강혁이 이름만 아는 무식한 기억상실증 환자가 되어버렸다.

"그럼 제가 먹은 포션은……."

"그, 그것은 재작년에 구입한 포션이었네. 버리기 아까워 촌장님이 보관하시던 것을……."

"컥!"

'뭐, 뭐야! 유통기한이 지난 포션을 먹였단 말이야! 으아아아!'

"자네 덕분에 앞으로 기간이 지난 포션을 버리지 않기로 했네. 고마우이."

일순간 나를 의약품 실험 모르모트로 만들어 버린 얀스.

고개를 숙였다.

'만약… 효과가 없었다면……'

생각하기도 끔찍스러웠다.

"아빠! 점심 드세요~!"

"가세. 자네 덕분에 오전 일과는 쉽게 마무리할 수 있었네."

"네……"

"오후에도 잘 부탁하네. 큼."

"……"

자리에서 일어나며 큼지막한 엉덩이를 털털 털던 얀스의 뒷말.

일어나던 자세 그대로 몸이 굳어버렸다.

"내일은 비가 오려나……"

그리고 얀스는 나를 쳐다보지 않고 세실과 마을 사람들이 있는 곳으로 천천히 걸어가 버렸다.

'새가 아니라 오늘 완전히 소됐네.'

오전보다 더 넓게 펼쳐진 감자밭.

"휴우!"

길게 한숨을 내쉬었다.

유통기한이 지난 포션을 먹었지만 먹고 죽지 않고 살아난 것만으로 감사해야 했다.

어찌 되었든 먹긴 먹은 거였으니 말이다.

'이대로 살 수 없다! 난 고기가 먹고 싶어!'

제대로 마을 준머슴으로 찍혀 삼 일 동안 쟁기질을 해야 했다.

그래도 좋았다.

마법도 활용하고 사람들에게 진 목숨 값도 갚아나가는 일이었기에 말이다.

하지만 문제는 먹을 것.

올해 책정된 영지 세금이 얼마인지 모르지만 사람들 모습에서 감자나 기타 곡물로 끼니를 연명할 수 없을지도 모른다는 공포를 맛보았다.

그리고 내린 야심찬 계획.

'난 고기를 먹을 거야' 라는 원대한 계획이었다.

잘못하다가는 세상에 나가기도 전에 영양실조로 굶어 죽을 수도 있었다.

'그러니까, 과거에 대규모 몬스터 침공이 있기 전까지는 숲에서 사냥도 하고 나물도 캐고, 바다에서는 일 년 내내 물고기를 잡았다 이거지.'

삼 일 동안 밭을 열심히 갈자 마을 사람들이 나를 친숙하게 대했고, 많은 이야기를 들을 수 있었다.

루나 마을이라 불리는 이곳이 과거에는 영지에서 제법 잘 나가는 곳이었고, 한때는 인구가 천 명을 넘어가던 마을이라 하였다.

그러다 십 년 전, 몬스터가 가장 흉포해진다는 루에나의 달에 오크와 오우거 같은 몬스터가 나타나 마을을 공격했다고 한다.

하지만 본래부터 준비를 착실히 해왔던 마을 자경대는 몬스터를 몰아냈지만 그 뒤에 여우처럼 교활하게 나타난 마수들에게 학살을 당했다고 한다.

무식한 오크 녀석들이 포션이 든 병을 박살 내는 통에 마수들이 침입한 것이었다.

그리고 마을은 거의 폐허가 되었고, 살아남은 사람들이 지금 이렇게 힘을 써서 명맥을 유지하고 있다고 하였다.

'포션을 구하지 못하면 사냥을 못한다 이거지? 후후후.'

사람들은 모르지만 난 이계에서 온 착한 마법사.

어찌 그런 마법사가 마을의 위난을 보고 넘어갈 수 있단 말인가.

철퍽철퍽!

'헉! 저, 저것은!'

마을이 한눈에 보이는 바닷가 절벽.

오늘 발견한 이곳은 상당히 괜찮은 곳이었다.

푸른 수평선이 끝없이 늘어서 있는 모습을 볼 수 있었고, 그 수평선 위에서 갑자기 뛰어오르는 거대한 물체에 입이 쩍 벌어졌다.

"차, 참치! 세상에! 참치야!!"

아주 가끔씩 부모님이 기분 좋을 때나 맛볼 수 있었던 참치 회.

그것도 태평양에서 잡아온 냉동 참치였건만, 나는 지금도 기억하고 있었다.

대뱃살이라 불리는 하얀 줄무늬 있는 기름진 참치의 뱃살.

입에 들어가면 살살 녹던 그 잊을 수 없는 환상의 맛.

그런데 지금 저 멀리 수평선 쪽에서 뛰어오르는 거대한 생선들은 참치라 불리는 것이 분명했다.

어느새 나 자신도 모르게 발현된 매직 아이 마법으로 똑똑히 확인할 수 있었던 것이다.

"한 마리! 두 마리! 오오! 이건 참치 바다잖아!'

이웃 섬나라 일본에서 비싼 것은 한 마리에 1억도 넘게 간다는 고급 생선의 대명사 참치.

고기에 목마른 나를 더 환장하게 만들었다.

"한 마리면… 마을 사람들 모두 파티해도 되겠다."

눈앞에 참치를 두고도 잡으러 나가지 못하는 마을 사람들의 심정.

이제야 그들의 눈에 생기가 사라져 있던 이유를 알 것 같았다.

육상 몬스터뿐만 아니라 물에서도 존재하는 수중 몬스터들.

워낙 큰 놈들이 많기에 포션 몇 개는 있어야 물고기를 잡을 수 있다 하였다.

"움하하하하하하하! 다 죽었어!"

세상에 태어나 이렇게 고기가 절실하게 당길 때는 없었다.

아무리 자식 교육에 매정한 부모님이라 해도 삼 일에 한 번씩은 기름칠을 해주었다.

"이러고 있을 때가 아니야!"

신기루처럼 보이는 참치.

놓칠 수 없었다.

"마나의 자유는 곧 바람의 자유! 플라이!"

오늘은 감자 수확을 끝내고 밀을 파종한다고 모두 밭에 나가 있는 마을 사람들.

그들의 눈치를 보지 않고 나는 절벽 위에서 플라이 마법을 펼쳤다.

쉬이이익!

몸이 두둥실 떠올랐다.

파닥파닥!

그리고 나는 한 마리 새가 되어 바다를 향해 날아갔다.

손에 얀스가 호신용이라며 건네준 작은 창을 들고 말이다.

"찾았나?"

"없습니다! 아무리 찾아도 마을에는……."

"허어, 이 친구, 어디로 간 것이야? 이제 내일이면 루에나의 달이 뜨는데."

갑자기 마을에 나타난 검은 머리 청년 카이어 덕분에 일찍 감자 수확을 마치고 밀까지 파종한 마을 사람들.

피곤한 몸으로 각자 집으로 돌아가 쉬려던 그들은 카이어가 없어졌다는 얀스의 고함에 마을을 샅샅이 뒤졌다.

하지만 카이어라는 청년은 어느 곳에서도 보이지 않았다.

"혹, 혹시 숲으로 간 것은 아니겠지요?"

"설마 아니겠지. 그렇게 위험하다고 경고를 했는데."

"도망간 것은 아니겠죠?"

"도망은 무슨……. 우리한테 뭐 빚진 것도 없는데……."

이백여 명의 마을 사람들은 촌장 집이 있는 마을 광장에 모여 서로 쑥덕거렸다.

어느새 태양은 기울어지고 어둠이 서서히 몰려오는 저녁 무렵이었다.

지금 마을 자경단으로는 밖으로 나가 찾기에는 무리였다.

"카이어……."

마을 사람들이 그렇게 저마다 의견을 나누고 있을 때, 세실은 카이어를 생각하며 손을 모아 자비의 여신께 기도하였다.

흔치 않은 검은 머리칼의 카이어.

비록 며칠이지만 보고만 있어도 마음이 시원한 웃음을 짓는 카이어와 정이 들었다.

특히 아버지를 대신하여 쟁기를 끌며 땀을 뻘뻘 흘리던 카이어는 세실에게 고마운 남자였다.

요즘 먹는 것이 시원찮아 부쩍 힘이 부치신 아버지를 대신해 힘든 일을 해준 카이어가 너무나 감사했다.

'아무 일 없기를……. 신이시여.'

눈을 감고 네르안님께 기도하는 세실.

"와, 왔다! 카이어가 나타났다!"

"바닷가에서 걸어오고 있다!"

그때, 마을 방책 위에 서 있던 몇몇 자경단의 입에서 튀어나오는 카이어라는 이름.

"바닷가? 아니, 그 위험한 곳에서!"

바닷가로 문이 나 있는 방책 쪽으로 마을 사람들이 모두 몰려갔다.

원래부터 남의 집 일도 내 일처럼 생각하는 루나 마을이었기에 다들 내심으로 카이어를 걱정하고 있었던 것이다.

타다닥!

신께 간절히 기도하던 세실의 눈이 번쩍 뜨였다. 그리고 옆에 서 있던 데론의 손을 잡고 사람들이 몰려가는 바닷가 쪽 문으로 달려갔다.

"끙, 끙……!"

'아이고! 힘들다, 씨.'

먹고 싶은 욕심에 무작정 날아간 바다 위.

나는 참치를 잡기 위하여 '노인과 바다'에 나오는 주인공 할아방처럼 사투를 벌여야 했다.

얼마나 많은 참치들이 헤엄을 치는지 마을에서 1킬로 정도 떨어진 바다 위는 물 반 참치 반이었다.

하지만 문제는 손에 무기라고는 단단한 나무에 박혀 있는 가냘픈 창날뿐이라는 것.

더욱이 안전한 배 위도 아니고 플라이 마법을 운용하며 튀어 오르는 참치를 잡는다는 것은 심 봉사가 돌팔매로 꿩을 잡는 것만큼이나 어려운 일이었다.

허공에서 기회를 보다 헛손질하기를 수백 번.

마나가 떨어지면 해변에 착지하여 숨을 고른 뒤 다시 참치를 잡으러 날아갔다.

오늘 저녁에도 멀건 국물에 둥둥 뜬 감자 몇 알과 먹다 이부러질 보리빵은 절대 사양하고 싶었다.

그리고 어느 순간 나는 눈먼 참치의 머리통에 창을 꽂아 넣을 수 있었다.

'하필이면 대어가 걸릴 것은 또 뭐야!'

문제는 연속해서 일어났다.

재수없게 내 어설픈 창질에 걸려든 참치는 한눈에 보아도 100킬로는 넘을 대어.

창에 꽂힌 놈을 따라 나는 바다로 끌려 들어갈 뻔했다.

얼마나 오리지널 자연식만 먹고 자란 놈인지 힘이 거짓말 조금 보태 발정난 황소만큼 되었다.

그런 놈이 창에 박혀 물속에 들어가는 순간, 나는 엉덩이에 힘 꽉 주고 마나를 극도로 끌어올려야 했다.

잘못하면 참치를 잡다가 참치 밥이 될 수도 있는 상황.

이를 악물고 4서클 마나를 모두 투입하여 놈을 물 밑에 가라앉지 못하게 사투를 벌였다.

그러기를 장장 30여 분.

충실한 4서클 마나가 거의 고갈될 뻔한 순간, 놈이 아가미 힘을 쫘악 빼버리고 삶에 대한 미련을 버렸다.

당시 나도 창을 놓고 포기하려던 순간이었기에 놈의 그 모습을 보고 사나이의 뜨거운 눈물을 흘려야 했다.

멧돼지에 이은 생애 두 번째 마법 사냥.

어느새 나도 밥값(?)을 할 수 있는 마법사가 되었다는 기쁨은 이루 말할 수 없었다.

'휴우! 이제 다 왔다.'

창으로 놈을 질질 끌고 도착한 바닷가.

사람들이 말하던 바다 몬스터는 만날 수 없었고, 나는 당당하게 수확물을 끌고 마을로 향했다.

잠시 마나를 보충하여 요즘 완벽하게 수련한 라이트 마법을 놈에게 펼쳐서 말이다.

"마, 마디르!"

"오오! 세상에! 이 얼마 만에 보는 마디르야!"

"어, 어떻게 혼자 마디르를……?"

'헉! 왜, 왜 이리 몰려온 거야?'

아무리 라이트 마법을 펼쳤다지만 플라이 마법을 무리하게 반나절 넘게 사용하였기에 온몸의 근육이 살려달라 비명을 질렀다.

그런 고통 속에서도 고기를 먹겠다는 일념 하나로 참치를 어깨에 메고 왔기에 사람들이 나타난 것을 늦게 알아챘다.

"와아! 카이어 청년이 마디르를 잡았다!"

"촌장님! 촌장님을 어서 불러!"

난리가 아니었다.

참치를 보고 환호성을 터뜨리던 마을 사람들은 들어줄 생각도 안 하고 촌장부터 찾았다.

"하, 하아! 저기, 이게 무겁거든요!"

앞을 막아선 사람들 때문에 이동할 수도 없었다.

털썩.

'에라, 모르겠다.'

모래 좀 묻으면 씻으면 그만이었기에 참치를 바닥에 살포시 내려놓았다.

하지만 상당한 덩치가 나가는 참치였기에 모래바닥이 들썩였다.

"오오!! 마디르가 잡혔다고? 마디르가?!"

그리고 거대한 참치와 나를 바라보며 말을 꺼내지 못하는 마을 사람들 사이로 이 빠진 늙은 아베스 촌장님이 나타났다.

"마디르가 맞아! 십, 십 년 만에 보는 마디르야!"

나를 보지도 않고 참치를 보고 격동에 빠진 촌장님.

21세기에서는 이런 참치를 바다에서 사육한다는 것을 알면 기절할 것이 분명했다.

'안타깝다. 여기가 한국이라면 일식집 대박날 텐데.'

아직도 저 멀리서 펄펄 뛰는 참치 무리.

그 싱싱한 참치를 잡아 팔면 섬나라 일본인들은 환장하고 몰려들 것이다.

"자, 자네, 누군가?"

참치에게서 정신을 차리고 나를 보며 누구냐 묻는 촌장님 아베스.

촌장님뿐만 아니었다.

몰려나온 마을 사람들 모두 눈길로 정체가 뭐냐고 묻고 있었다.

"카이어. 하하! 제 이름은 카이어입니다!"

머리를 긁적이며 시원한 웃음을 지었다.

'21세기에서 온 마법사 카이어. 그게 접니다. 움화화화!'

속으로 차마 대답하지 못하는 진실을 감추고서……

"캬아, 죽인다!"

요리 솜씨 하나는 기가 막힌 완벽한 현모양처감인 세실이 끓여주는 참치 스튜.

나는 마을 사람들에게 참치 한 마리로 커다란 감사를 받아야 했다.

고기를 각 가정마다 먹을 수 있도록 백여 등분 하였고, 주먹보다 조금 더 큰 고기를 받아 든 마을 사람들은 눈물을 흘리며 감사한 마음을 전했다.

십 년 전에도 힘들게 잡히는 귀한 고기였기에 함부로 맛볼 수 없었다 하였다.

그러던 차에 내가 잡은 참치는 희망을 잃어가던 그들에게 작은 위안이 되었다.

"형아! 정말 멋있어! 원래 아빠만 존경했는데 이제는 형아도 존경할래!"

살점을 발라내고 남은 참치 머리통은 내 몫으로 남겨졌고, 그 살이 팍팍 오른 머리로 세실은 아주 맛좋은 생선 스튜를 만들었다.

그리고 철없는 꼬맹이에게 고기 몇 점으로 나는 영웅이 되었다.

'마법사보다 어부가 더 존경받는군. 썩을.'

입 안을 즐겁게 만드는 참치 국물에 데론의 치기 어린 말도 기분 좋게 넘어갔다.

"휴우, 먹긴 잘 먹었네만, 마디르를 팔았으면 세금에 보탬이 될 터인데……."

'아니, 세금이 도대체 얼마야? 마을 사람들 전부 세금 타령이니.'

"얀스, 세금이 얼마나 됩니까? 왜 다들 세금 걱정만 하는 겁니까?"

"미안하네. 이방인인 자네에게 마을 사람들 걱정까지 하게 만들다니……."

머리를 긁적이는 얀스.

"서운한데요, 얀스. 나는 그래도 얀스와 세실, 그리고 데론을 비롯해 마을 사람들을 남이라 생각해 본 적이 없는데……."

신세를 진 지 며칠 되지는 않았지만 21세기에서 쉽게 맛볼 수 없는 순박한 사람들의 인심에 감동을 먹었다.

이방인인 나를 살리기 위하여 자신들의 부족한 먹을 것과 잠자리까지 내준 이들.

남이라 생각하니 섭섭한 마음이 들었다.

"아, 아니, 그게 아니라 자네에게까지 마을의 짐을 지우고 싶지 않다네. 괜히 꿈이 넘쳐 날 젊은이에게 말이야."

'하아, 속 터지네. 빨랑빨랑 말해주지.'

얀스의 마음은 알겠지만 진심 어린 은혜를 받았으면 몇 배로 갚아줘야 마음이 편했다.

공짜는 공짜고 은혜는 은혜였다.

"왕국 화폐로 50골드예요. 저희 마을에 배정된 세금은요."

세실이 아버지를 대신해 조용히 입을 열었다.

"50골드?"

'아니, 골드라면 황금 동전을 말하는 거 같은데, 도대체 얼마만 한 가치야?'

이곳 화폐에 대한 명확한 기준점이 없기에 눈을 뜨고 멀뚱멀뚱 세실을 보았다.

"건장한 말 한 마리가 5골드라네. 하지만 자네도 보다시피

우리 마을에서 생산되는 것이라고는 감자와 밀, 그리고 라시
아르님의 달에나 잡을 수 있는 몇몇 동물 가죽밖에 없네. 오
늘 우리가 먹은 마디르라면 몇 골드는 벌었을 텐데……."

배불리 먹고 저렇게 땅이 꺼져라 참치를 그리는 얀스.

한 번 먹은 참치는 돌아오지 않는다는 진리를 모르는 것도
아닐 것이건만 숟가락으로 그릇에 담겨 있는 참치 살점을 뒤
적이며 아쉬운 눈으로 보고 있었다.

'아, 한도 무제한 카드가 그립구나.'

건달프 사부를 한순간에 사랑하게 만들었던 무소불위의
백금 카드.

절실히 이 순간에 필요했다.

어디 현금출납기라도 있다면 몇 억 정도 쾌척하고 싶었다.

"얀스, 혹시 마수는 가격이 얼마 정도 합니까?"

"마, 마수? 아니, 마수는 갑자기 왜?"

마수라는 말에 입술을 떨며 묻는 얀스.

"들어보니까 오러 블레이드를 사용할 수 있는 기사들이나
잡을 수 있다 하니 제법 돈이 되지 않을까요?"

"물론 마수 가죽은 부르는 게 값이지만… 꿈 깨게나. 자네
가 어떻게 마디르를 운 좋게 잡았는지는 모르지만 마수는 차
원을 달리하는 마물일세. 먼 옛날 신마대전 때 마계에서 소환
되어 온 마물들이 진화한 것이 마수라네. 기사들도 몇몇이 모

여서야 겨우 상대가 가능하다네."

'부르는 게 값? 흐흐. 그래, 바로 그거야.'

얀스의 다른 말은 귀에 들어오지도 않았다.

"얀스, 그런데 영주님은 왜 마수들을 토벌하지 않습니까? 마을에서 세금도 내는데 병사들이라도 파견해 줘야 하는 거 아닙니까?"

"형, 바보 맞지?"

열심히 참치 고기를 발라 먹다 고개를 들고 한심한 눈빛으로 나를 보는 꼬맹이 데론.

"왜, 왜?"

"형 같으면 이렇게 보잘것없는 마을을 위해서 죽을지도 모르는 기사님과 병사들을 보내주겠어?"

'얼……'

아이들이 무서운 것은 알았지만 데론은 차원을 달리했다.

순박한 마을 사람들을 등칠 정도로 영악한 녀석이었다.

"데론 말이 맞네. 십 년 전에 우리 마을은 일 년에 세금을 천 골드까지 냈었지. 당시에는 몬스터 사냥을 하는 용병들도 종종 거주했고, 상인들이 왕래할 정도라 병사 수십 명이 파견되었었지. 하지만… 마수들의 습격에 그들이 모두 죽고 마을이 황폐화되자 영주님은 관심을 끊었네. 우리 마을 말고도 도와줘야 할 곳이 영지에 백여 곳도 넘을 걸세."

"아니, 그러면 세금을 뭐 하러 냅니까? 그런 돈이 있으면 편하게 먹고 놀지."

"반역죄로 죽고 싶다면 그래도 되지."

"반, 반역죄요?"

'이거 완전 조폭이네?'

중세 시대에 영주라는 자들이 자기 영지에서는 왕 노릇 했다는 말은 들어봤지만, 이곳에서도 그런 일이 벌어지고 있음은 몰랐다.

"혹시 마을에 마수를 사냥해 본 분은 없습니까?"

"마수를……. 딱 한 분 계시지. 젊을 때는 마을 제일의 용사였지."

"그게 누굽니까?"

"자네도 알지 않나. 그분은 바로… 촌장님이네."

"네에! 촌, 촌장님요?"

이가 대부분 빠져 갓난이처럼 옹알거리며 말하는 아베스 촌장.

오늘내일 죽는다 해도 별 이상이 없는 분이 한때 마을 제일의 용사라는 말이 믿기지 않았다.

"이제 그만 자세. 내일부터는 루에나의 달이 뜨기에 방책을 손봐야 하네. 세실, 잘 먹었다."

"아니에요. 잘 먹기는요. 카이어님 덕분에 오랜만에 잘 먹었습니다."

"아, 아닙니다. 제가 뭐 한 게 있다고."

한 살 어린 세실이지만 왠지 말을 놓기가 뭐했다.

나이트를 가더라도 민증 검사를 하지 않을 정도로 세실은 충분히 매력 넘치는 여인으로 보였다.

'흐흐, 그래도 다행이야. 촌장님 댁이 아니라 얀스 집이라서.'

술은 할머니라도 여자가 따라줘야 제 맛이라 했던가.

난 향긋한 여인의 향기가 머무는 얀스의 집이 좋았다.

비록 아침에 일어나면 온몸이 쑤셔오는 딱딱한 맨바닥일지라도.

"후우!"

길게 숨을 들이켜며 마나 호흡을 마무리했다.

며칠 전에 발견한 마을과 바다가 한눈에 보이는 벼랑.

누구의 눈치도 보지 않고 수련하기에는 안성맞춤이었다.

'아직도 서클이 극대화되지 않았다. 실로 엄청난 마나량이다.'

3서클과는 단독주택과 아파트 부피 정도만큼 차이나는 4서클 마나량.

상당한 고밀도의 마나로 충만한 칼리얀 대륙의 자연이었

건만 허리 부근에 띠를 두르듯이 만들어진 대형 서클을 완벽하게 채우지 못했다.

'적어도 보름 이상은 더 채워야 한다.'

3서클을 이루고는 단 삼 일 만에 서클 마나를 완벽하게 충전시킬 수 있었지만 4서클은 차원을 달리했다.

'문제는 마나량이 아니라 능숙한 마법 사용이다. 다른 마법사들처럼 폼을 잡고 마법사 노릇을 하기에는 위험하다.'

사부가 겁을 주던 오크 똥은 아니더라도 오우거 똥 정도로 성장했지만 4서클로는 부족함을 느꼈다.

며칠 전에 참치 한 마리를 잡기에도 버거웠던 마법이라면 몬스터나 마수, 그리고 오러 블레이드를 사용한다는 기사들과는 전투가 무리였다.

'강해져야 한다.'

어금니 꽉 깨물고 해병대 극기훈련장 같은 삶을 살아야 함을 깨달았다.

루나 마을 사람들처럼 이 대륙은 힘이 없다면 누구도 자신을 보호해 주지 않을 것이다.

대한민국은 군바리 아저씨들과 짭새 형님들이 지켜주지만 여기는 아니었다.

'그놈처럼 능숙하게 마법과 실전 무술이 접목되어야 한다.'

나의 배에 예쁘게 칼침을 놔주었던 짱깨 깡패.

놈이 나를 공격했던 동작들이 머리에 떠올랐다.

'다행스럽게 나는 검을 배웠다. 그리고 사부가 가르쳐 준 마나 호흡법으로 마법과 검, 정령까지 습득할 수 있다. 이제 남은 것은 나의 노력뿐이다.'

촌장을 찾아가 마수에 대하여 여러 가지를 물었다. 마수의 종류와 그들의 특성, 그리고 마수 가죽의 처리까지.

루에나의 달이 뜨는 한 달 동안은 낮에도 어지간하면 밖으로 나가지 않는 마을 사람들이었기에, 촌장님은 잘 걸렸다는 표정으로 장장 반나절이나 자신의 순도 99%짜리 구라 무용담과 마수에 대하여 쉬지 않고 침을 튀겼다.

왕선녀 백설공주 선생님과 필적을 이룰 만한 새로운 히어로의 등장.

거기에다 이까지 빠져 알아듣기 힘든 발음을 정신 집중하며 듣자, 사부가 마법진에 가둬놓고 고문하는 것 이상의 피로도를 생산해 내었다.

'마수들은 대부분 마법에 어느 정도 내성이 있고, 오러 블레이드를 사용하는 기사들도 블레이드 나이트 급 이상이 되어야만 잡을 수 있다 하였다. 놈들은 강하다. 그리고 나는 아직 약하다.'

냉정하게 현실을 직시했다.

나는 8서클을 이룬 대마법사의 제자였지 대마법사는 아니었다.

창!

'검이라⋯⋯.'

반나절의 정신 공격이 끝난 후 촌장님은 죽기 전에 마디르 고기 맛을 맛보게 해주었다며 젊을 때 사용했던 자신의 검을 건네주었다.

롱 소드라는 이름으로 불리는 검.

검도 2단을 획득하고 사범님이 들려주었던 진검의 무게감 이 새록새록 피어났다.

'검은 곧 마음이라 했지.'

내가 다녔던 선무검도.

일반적으로 알려진 다른 검도관과는 달리 고구려 시대부 터 내려오는 순수 우리 민족 고유의 검술이었다.

그리고 선무검도에서는 제자들에게 검은 마음이라 가르쳤 다.

"강함!"

쇄액!

뽑아 든 검을 일도양단의 자세로 힘껏 내려쳤다.

"무거움!"

쉬이익!

힘이 가득 들어간 검을 아래에서 위로 천천히 다시 끌어 올 렸다.

"빠름!"

팟!

끌어 올린 검을 그대로 좌우를 향해 내가 낼 수 있는 최대한의 힘을 발휘해서 휘둘렀다.

'이 세 가지 조건이 검의 처음이자 마지막 기술이라 하였다. 현란한 검술도 세 가지 조건을 갖추지 못하면 눈속임에 불과한 것. 나는 이 조건을 모두 내 것으로 만들 것이다!'

중학교 2학년을 마지막으로 태권도와 검을 놓았다.

그 후 대한고등학교를 입학하기 위하여 공부에 매진하였다.

그리고 이제 나는 칼리얀 대륙이라는 낯선 곳에서 살아남기 위하여 검을 다시 잡아야 했다.

돌아가는 그날까지 반드시 살아남는 것이 지상 최대의 과제였다.

'참치 너희들, 다 죽었어!'

내 다짐도 모르고 펄떡펄떡 바다 위에서 나를 희롱하는 참치.

4서클 마법을 동시에 이중 캐스팅할 수 있는 날이 참치들 제삿날이 될 것을 의심치 않았다.

'마수들, 기다려라. 흐흐.'

고개를 돌려 바다의 반대편에 존재하는 자르 산맥의 웅장한 산세를 노려보았다.

돌아가는 그날까지 나도 먹고살아야 했다.

하지만 감자나 먹으며 궁상맞게 살 수는 없는 법.

굵고 길게, 그리고 멋지게 살기 위해서는 대박 상품이 필요
했다.

"움하하하하하하!"

가슴 가득 칼리얀 대륙의 마나를 품었다.

그 어느 곳에서도 살아남을 수 있도록 태어날 때부터 고도
로 특화 훈련을 받은 인간 강혁!

다른 세상이라 두려워할 것이 없었다.

천상천하 유아똥배짱!

하늘 아래 오직 하나밖에 없는 똥배짱을 소유한 인간.

그것도 21세기 지구에서 찾아온 대마법사 제자.

그분이 바로 강혁, 아니, 카이어라 불리는 나였던 것이다.

『21세기 대마법사』 2권에 계속…

CHARM MASTER

참마스터

눈매 퓨전 판타지 소설

부적(Charm)이란

만드는 자의 정성, 만드는 자의 능력, 받는 자의 믿음,
이 세 가지가 충족되어야 최고의 힘을 발휘한다.

이계에서 넘어온 영환도사의 후손 진월랑!
아르젠 제국의 일등 개국 공신 가문이었던 이계인 가문, 진가가 하루아침에 몰락했다.
그것도 가장 믿었던 사람으로 인해.

홀로 살아남은 어린 월랑은 하루하루 생존 게임이 벌어지는
살인자들의 섬으로 보내지는데…….

독과 부적의 힘을 손에 넣은 진월랑!
그가 피바람을 몰고 육지로 돌아온다.

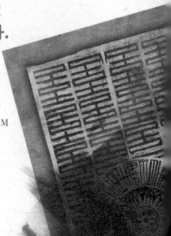

유행이 아닌 자유추구 -
WWW.chungeoram.com
Book Publishing CHUNGEORAM

Book Publishing CHUNGEORAM

청운하 新무협 판타지 소설

백팔번뇌

百八煩惱

세상은 날 버렸다.
나 또한 세상을 버렸다.

神이 선택한 그들이 흘린 쓰레기를…
난 그저 주워 먹었을 뿐이다.
그러므로 난 여전히 배가 고프다.

**일류(一流)가 되기 위해서라면…
난 기꺼이 신마저 집어삼킬 것이다.**

유행이 아닌 자유추구 -
WWW.chungeoram.com

Book Publishing CHUNGEORAM

백팔살인공을 한 몸에 지닌 그를
훗날 천하는 그렇게 불렀다.

대무신 大武神

임영기 新무협 판타지 소설

무간백구호(無間百九號). 태무악(太武岳).
신풍혈수(神風血手). 대살성(大殺星).

고독한 소년이 세 살 때의 기억을 좇아
천하를 상대로 싸우면서 열아홉 살 때까지 얻은 이름들.

그리고 백팔살인공(百八殺人功).

大武神

백팔살인공을 한 몸에 지닌 그를 훗날 천하는 그렇게 불렀다.

유행이 아닌 자유추구 -
WWW.chungeoram.com

Book Publishing CHUNGEORAM